# 宇宙、都給你

雪倫 著

他們說，

對世界，要保有好奇心，

但我只好奇世界什麼時候毀滅……

# 沒關係，都是我的錯。

我的口頭禪，就是「沒關係」。

因為這三個字是這世界上最管用的脫身之道。

走在路上被莫名撞到，說一聲沒關係，就算了；助理做錯事，搞得客戶打來罵我無能不會帶人，我也只能跟助理說一聲沒關係；被根本沒在做事的經理罵我辦事不力，我也只能對自己說沒關係，他就是這樣的人；生活時時刻刻刁難我，我也是那句「沒關係」……

沒關係，久了，就真的沒關係了。

反正，我就是那樣的人。

一個沒被上天眷顧過的人，我不知道要跟誰計較，也不知道能怎麼叫囂，只能安安靜靜地活著，告訴自己努力地活著就夠了，結果就跟大家一樣，最後發現，有些事努力並不一定會成功。

我拿著木板刻上「楊家祥」三個字，紀念我失去的第十七個男人。三十八歲的我，有過十七段戀情，雖然有些交往時間短到不能稱之為愛情，但我還是全都算了進去。有時我會想，難道我的出生是一種詛咒嗎？一種永遠得不到愛、擁有不了愛的詛咒。

既然這樣，宇宙又為什麼要讓我誕生？是要我到死之前都得認清，我鄭海洋這輩子注定孤獨一人？我天生就只能孤獨，就像我天生不被父母關愛一樣，很多事都是天生的，宿命掌管一切。

我只能認清，我只能投降，這樣可以放我走嗎？

我好想去另外一個世界，那裡只有我也沒關係，反正我滿習慣孤獨的。

會讓我牽掛的，大概是我這輩子唯一的好友，簡凌菲。

她進我房間從不敲門，但也沒關係。

她是我最親也跟我相處最久的人，我們是大學同學，她功課好又聰明，人生目標明確，她走的每一步都是在為了她的未來鋪陳，大一就決定考公務員，因為薪水好福利優上班時間穩定，當她一畢業考取公務員資格，她就告訴我，她會在市政府裡頭待到退休，她就是活得這麼實際。

然後會利用晚上和假日去上些才藝課，比如烹飪、比如室內設計。或是去聽些講座，像是要怎麼狠狠抓住男人的心、要如何建造一個美好的家庭。

是的，簡凌菲的夢想就是結婚生孩子。

但明明她自己一個人就能過得很好。

我不懂她到底為什麼如此執著在這兩件事情上面，她不愛談戀愛，她直接去婚姻介紹所，開出的擇偶條件長達兩頁，我記得我陪她去諮詢一次，最後介紹所拒絕讓她入會，她是他們開公司以來最大的難題，介紹所不想找自己麻煩，或是搞砸自己的招牌。

我能理解，雖然是好友，但實話實說，要是我也不會讓她入會！

簡凌菲其實就是個看起來正常的瘋子。

她的手機裡光是交友軟體就多達十個，不是為了約砲，只要看見不錯的對象就直接進攻，當然偶爾會有幾個自以為能征服凌菲的男人，敢找她出去約會，但最後都落了個被淘汰的命運。

在愛情壽命這個部分，凌菲跟我很像，我最長的戀愛差不多一年，而她是十個月，在她知道結婚對象的媽媽愛跟朋友打牌時，她馬上提分手，她說她有預感，將來兩人就算結了婚，還是會因為婆婆愛賭博而吵到離婚，不如不要浪費彼此時間。

我沒說贏過她，所以只能拍拍她，能安慰的話也只有那句，「沒關係。」

至少凌菲向來是提分手的那個人，而我，卻總是被甩掉的那個人。

前男友們給我的理由都是，「妳很好，但我覺得我們不適合。」我很想問，既然很好，為什麼會不適合？可我終究沒有問出口，我不想讓自己更難堪，因為我很清楚那根本不是真正的理由。

沒用的我，比起被應付，其實更害怕聽到真相。

我根本不愛妳、我根本沒愛過妳、跟妳在一起很無聊、我找不到可以繼續相愛的原因……這些才是真的。

正確解答就是，我不值得被愛。

一開始他們追求我，可能覺得我長得不難看，又是個廣告公司業務主任，帶出去不丟臉，但過了一星期、一個月、三個月，覺得我無趣、沒有吸引人的地方，就用妳很好三個字搪塞我、甩掉我。

凌菲說的沒錯，妳身上沒有好處，男人是不會靠近妳的。

所以她才這麼努力地在自己身上堆價值，也拉著我要去學東學西，可我真的一點興趣都沒有，對於要證明自己的價值這件事，我感到極度厭惡，難道我沒有價值，就不配活在這個世界上，就不能夠擁有別人的愛了嗎？

那愛是無價的、愛是無償的、愛是無怨，這些根本全是謊話。

一個失神，楊家祥的祥被我刻成羊，凌菲的聲音在我耳邊出現，「他什麼時候改名的？」我嚇了一跳，回頭看她，她敷著面膜，趴到我的床上，看著我問，「今天分手的？」

我點點頭，也懶得再重刻，打開一個壁櫃，上頭掛滿兩排整齊的木牌，都是我的前男友們，上面八個，下面八個，非常完美整齊。突然不知道該把手上這個掛在上排還下排。

凌菲嘆了口氣，「很可怕耶，妳不覺得嗎？這好像妳前男友們的牌位，就差香爐了……」

「我只是怕我會忘記他們的名字。」我沒有要詛咒任何一個跟我分手的男人，我相信他們都曾短暫地喜歡過我，哪怕只有一秒也沒關係，都值得紀念。

凌菲坐起身，不能理解地問我，「為什麼要記住？這些人早就跟妳沒有任何關係了，像第一個那什麼建名的，妳高二在一起的學長，才過一個端午節連假，他就跟妳分手，和別班的學妹在一起了，這種人還記他幹嘛啦？妳力氣太多喔。」

我不想多做回應，我口拙，從沒說贏任何人。

我把牌子直接掛在陳建名的前面，但後來又怕變成第二次輪迴的開始，乾脆隨手一塞，轉移話題地問凌菲，「妳今天怎麼沒有去上烘焙課？」

「老師有事。」我想也是。

凌菲是不會放任自己沒事做的，她還提議，「我聽說臺中有間月老廟很靈，這週末要不要去？順便玩一下，我剛查了一下，幾間咖啡廳滿美的，再去第二市場吃魯肉飯，啊！我還想去勤美走走……」

我深吸口氣，搖頭，「不想出門。」

「妳就是都這樣待在家、待在這個房間，整個人才會悶壞，妳不能再這樣下去了，我們都快四十了，棺材踏一半了，再不努力就沒有機會了……」

「沒關係，我可以直接躺棺材裡。」

我大概能想像自己的四十歲、五十歲、六十歲……差不多會跟現在一樣沒用，然後我還是會跟自己說「沒關係」，因為鄭海洋的人生就是長這個樣子，它不會改變，就算我很努力想要改變，但每次都會回到原點。

我這才知道有些人的起跑點就是終點，像我。

「陪我去，我不管。」凌菲拉著我，激動到臉上面膜都要掉了，每次她這樣，到最後我都會妥協，不對！應該是說，我從來沒有堅持拒絕到底過，最後，我還是點了頭。

我鄭海洋不能去打仗，敵軍要我投降，我就是會馬上舉白旗的那種廢物。

「晚去早回。」我唯一的懇求，凌菲勉強答應。

我鬆了半口氣，她看著我問，「要吃東西發洩一下嗎？我最近在學印度菜，辣的！吃完會很爽喔！」

「不用啦，我沒胃口。」

凌菲重重一嘆，下了我的床，邊唸邊走出去，「鄭海洋，妳真的會生病，有一天一定會抑鬱而死，難過時不喝酒也不哭，也不吃東西，妳現在心裡全是毛病，我告訴妳，妳死了，我不會去上香，我會恨妳一輩子……」

「幫我煮碗麵好了。」我說。

走到門邊的凌菲滿意回頭，笑著問我，「乾的湯的？」

「都可以。」

「那就乾的一碗，湯的一碗，我再多做幾盤小菜，妳喝茶，我喝酒，慶祝妳單身，又要炙手可熱了……」凌菲的聲音愈來愈遠，房間終於靜了下來。我關起壁櫃，對於失戀，真的沒有眼淚可掉，也沒有感覺，就好像是一種必然。

家祥是我工作認識的客戶，來談合作的第一天就約我出去吃飯，他熱情大方又會講笑話，我被逗得很開心，他小我兩歲，當天就問我，要不要交往看看，我都還沒有答應，他就給了我一個深吻，要論十七個男友，他的吻功可以排上前三名，難道我有拒絕他的理由？

於是我們在一起了，每天下班一起吃飯看電影、隨處亂逛、開車兜風，最後在他家上床結尾，是屬於三十八歲的約會內容，正當我開始習慣有他的存在，似乎可以描繪所謂的未來時，他改掉了家裡密碼，約我到星巴克談分手。

「海洋，妳真的很好，可是我……」楊家祥沒說完，我心跌到谷底，這種谷底才最適合我，我本來就該待在那樣的地方，我開口打斷，「你要跟我分手嗎？」其實我還是喜歡爽快一點地分開，不用硬補那句，妳很好……

他媽的我很好，那分手分個屁？

他點點頭道歉，「主要是我有傳宗接代的壓力，我媽覺得年輕一點的女孩比較適合我……」我無言以對，我的確是到了高齡產婦的年紀，還能怎麼挽留？難道開口要求他，「不！別走，我可以凍卵，我們可以人工受孕！」

沒錯！我曾想過，家祥或許是我人生最後一個男友，我們有可能開花結果，他有機會成為我的老公，畢竟他個性溫和又貼心，和他在一起就算沒話講，我也不覺得尷尬，算是讓我很舒服的存在，他也講過，「我只要選擇交往，就是以結婚為前提。」

因為這句話，我去問了相關的凍卵資訊，我永遠不會忘記那個顧問非常溫柔地對我說，「以妳目前的年紀，卵子至少要凍二十顆以上比較安全喔，差不多是二到三次的療程。」

我突然問我自己，我有這麼想要一個孩子嗎？

我坐在醫學中心的婦產科診療室裡，腦中一片空白，醫師在說明療程，我卻一個字也沒聽進去，我只知道最後我說了一句，「我再考慮看看。」然後我就離開了，我從沒有跟家祥講過，我曾為了他想去凍卵。

但也沒機會說，因為接下來，他告訴我的就是分手二字。

不得不說，我當下的確也鬆了口氣。

但不是因為我不用生小孩，而是，我可以暫時不用當媽媽，因為我很清楚地知道，自己絕對不會是一個好母親，畢竟，我從來不知道好母親該是什麼樣子，我這輩子最害怕的事，絕對是變成跟我母親一樣的媽媽。

無所謂了，分手就是結束。

我逼自己不要再想太多，反正人都需要被逼著成長，世界逼我，很多人逼我，我也逼著我自己，活著，真是一件開心不起來的事。

我洗好澡，頭髮都還沒吹乾，凌菲就喊我吃飯，我只好隨意吹吹，夾起頭髮快步到客廳，我從不讓急性子的她喊我第二次，這也算是我對她的溫柔，但看到滿桌子的菜，我整個人傻眼。

「餵豬嗎？」

凌菲笑笑，「美食是所有問題的答案，吃就對了。」

「然後我晚上再胃食道逆流。」

「我有胃藥。」她開了罐啤酒，痛快地喝了一口，坐到位子上，開始動筷，接著點開「真愛每一天」這部電影，我輕嘆一聲問：「沒別的可以看？」

「以毒攻毒，比較快好。」她說，沒有想要換別部片的意思，但我也習慣了，只要我被分手，她就會用這種方式幫我療傷，前幾次我還會大哭一場，但後面已經不會哭了，反而很平靜地看完電影，然後告訴自己：

浪漫都在戲裡了，我過的日子叫現實。

我很努力地想把凌菲煮的每一道菜都塞進肚子裡，因為我知道這樣對她才是尊重。原本煮成四人份的菜，以為兩個人吃，但現在只有我一個人，畢竟哭得淅瀝嘩啦的人換成是她，到頭來找罪受的人是她自己，屢試不爽。

但她每次都要這樣，我實在不懂，只能拜託她，「別哭了，東西要吃啊，我快吃不下了……」她一個人喝了六瓶，我一個人吃著六道菜。

真是各種寂寞。

她沒理我，繼續哭著，時不時轉頭過來問我，「為什麼嫁人這麼難？我有很差嗎？為什麼好男人都輪不到我？」她真的是喝得有夠醉，怎麼會問一個被甩了十七次的女人關於感情的問題？

我只能笑，什麼答案都給不了，電影播完的那瞬間，她不再哭了，因為她直接喝掛倒下，我拉著她的腳，像拖屍體一樣地把她拖回房間，幸好她的床墊就在地上，我將她拉上床，她突然坐起來，搖搖晃晃地說：「我要尿尿……」

我看她褲子都沒脫就要坐到馬桶上，趕緊拉住她，幫她脫褲子、脫內褲，讓她屁股確實坐到馬桶上，還要幫她擦乾淨，最後再幫她穿上褲子，我累得把剛吃的東西都消化完了，滿頭大汗，再次將她扶回床上。

她馬上倒頭就睡，我回客廳繼續收拾。

三十八歲了，我想接下來過的還會是這種日復一日、每天都有很多事，卻始終找不到解答的……日常。

原以為凌菲大醉一場後，就會忘記要去臺中拜月老這件事，但她沒有，在星期五這天下班，我以為我的假日可以任我揮霍，我要躺在床上四十八小時的時候，她衝進我的房間說，「明天早上出發！開妳的車還我的車？」

我當下心裡只出現兩個字：媽的。

但我心口不一，反而面帶微笑地對她說，「我的。」她開心地比了個ＯＫ，然後拋下震撼彈：「那八點出發！」

「有必要比我上班時間還早嗎？」我不能接受。

「我們先去第二市場吃早餐，然後去拜拜，下午再去一間咖啡廳……」她興奮地說著行程，但我一點都不想知道，只好趕緊開口打斷，「好！八點！」她滿意地點點頭，心甘情願離開我的房間。

我連澡都沒洗，直接躺床，我就髒，沒關係，我沒人要。

突然，電話傳來震動聲，以這個震動頻率，不是訊息，而是電話，我看了來電者是「媽媽」後，沒有接起，直到第三通，做好心理準備後，我才按下接聽，強忍著不耐的口氣問：「怎麼了？又有什麼事了？」

我媽生氣地回我，「沒事就不能找妳了嗎？妳怎麼都沒有來看我？」

「工作很忙。」

「什麼時候回來一趟？我有事想跟妳商量。」

「妳還有另一個兒子女兒可以商量，妳找他們應該比較適合。」

「妳講這到底什麼話？我是媽媽，他們是妳的弟弟和妹妹……」

我不想再接下去，隨口應著，「我還在加班，先這樣。」我直接掛掉電話。不能多說，不然我又要失眠，我媽媽總是有能力讓我睡不著。

凌菲都安慰我，妳就當來還債，但我很想知道，上輩子到底是欠了多少？不如像我爸那樣完全不往來的更好……

有些人就是沒有父母緣，像凌菲就是父母緣太深，但一樣都是父母債。

有時真的不懂，人為什麼要被生下來，這世界從來就沒有公平，要不要出生都不是自己說了算……會不會被疼愛，也需要一些運氣。

這一晚，我媽不停打來，但我始終沒再接起，她的騷擾讓我失眠了。

然後還是得八點準時出發去臺中，凌菲一路上聽著二〇〇〇懷念金曲，嗨唱到目的地，也幸虧她唱得超難聽，我才沒有打瞌睡，順順利利地抵達。早餐就吃爌肉飯，讓我感到負擔，可是當我開始吃第一口時，卻覺得某種壓力被釋放，人總是很難抵擋誘惑，又很難平衡罪惡感。

明知道自己代謝變差了，可是該死的肥肉怎麼可以這麼好吃？

如此沒主見又順應民心的我，就這樣被凌菲牽著走，吃完飯後改吃乾麵，再吃法國麵包，然後又去買了一杯紅茶，心滿意足。

「超爽！」凌菲一上車就大喊，我忍不住笑，她看著我說：「笑了耶。昨天妳媽有打給妳喔？」

「妳怎麼知道？」我方向盤差點沒握住，這個女人怎麼可以老是猜得這麼準確？

她一臉的理所當然，「我昨天半夜兩點做完瑜伽出來喝水，看到妳房間燈還亮著。」

「怎麼會有半夜做瑜伽這種事？」太奇妙了，簡凌菲好像是活在另一顆星球的外星人。

「功課！懂嗎？人做的每一件事、每一個選擇都是功課！瑜伽就是每日必做功課，沒做完就不能睡。」她很認真地回應我，就像她很認真地生活一樣，所以我很能理解她為什麼會哭喊自己嫁不出去。

像這樣自律又會做飯、存錢的女人，怎樣都該有人娶回家才是。

我點點頭，明白她對「功課」兩個字的堅定，也很害怕她又開始直銷「心靈探索」課程、瑜伽、登山等各種活動，偏偏我就是個能坐就不站，能躺就不坐的人。

應付生活已經讓我全身無力了，我這輩子注定活不成像凌菲這麼認真的人，我只想要快樂一點就好，就像現在吃得好飽，肚子裡有溫暖就夠了。

但我這個人就是很容易開心得太早。

凌菲的如意算盤也沒打好，我們以為正中午去拜拜，是午餐時間，可以避開擁擠的人潮，我們錯了！

當我們去找網路上傳說的大姊攤位，她教凌菲拜月老的各種步驟和小知識，我一句也沒聽進去，我不能理解，不就是拜拜嗎？搞得跟要去考駕照一樣，如此複雜？

我才想跟凌菲說簡單一點，有誠意最重要，轉頭就見她拿著手機在錄音，生怕錯過大姊講的細節。沒關係，我不爭氣不長進，這些話我自己吞了回來，幫凌菲拿了拜拜用具後，我們一走到廟門口，看到那樣的人潮，我真的只想說一句：

我們回家好嗎？

大家的心靈到底多需要得到救贖？人生到底多需要被解惑？

人多到我以為是五月天演唱會後的散場，我吞吞口水，試著想制止凌菲，可她雙眼炯炯有神，一臉老娘跟你們拚了的表情，我知道說什麼都沒有用，我只能陪她上場殺敵，照著拜拜的巡迴路線，步驟一一直到步驟九，確定沒有哪位神明受到冷落，凌菲這才心甘情願，前往最終目地。

月老殿。

如果整間廟是五月天的演唱會，那月老殿就是發週邊的地方，排隊動線長到彎了幾條S，裡頭吵吵鬧鬧，「月老就不給你紅線，你可以不要再煩祂了嗎？」「可以讓個位置給我擲筊嗎？」「不要擠，就還沒有跟月老講完話，後面的是在急什麼？」

火氣很大，所有在月老殿前的善男信女，每個人體溫都超過三十九度。

幸好疫情趨緩，不然這裡真的就是疫情擴散地，我陪著凌菲排隊，四處躲著別人手中的香，一個不注意，那香會直接戳爛我眼睛，我就這樣隨著人潮，潮起潮落，不知道什麼時候才會輪到凌菲，但我已經快被這些人擠到要吐了。

我只好對凌菲說：「我在外面走廊等妳，我好像快吐了。」

凌菲也知道我討厭人多的地方，看我臉色很差，趕緊讓我出去休息透氣。我踏出月老殿的第一件事就是大口呼吸，覺得生命得到解脫。我轉頭想看看不同的風景時，也看到了一個男人在大口呼吸，他發現我在看他，爽朗一笑地說：「很擠吧！」

我點頭，其實不太習慣跟陌生人聊天，除非是要賺客戶的錢。

幸好他這個人也算識相，看得出來我並不想多聊，便不再說話，和我一樣靠著欄杆想休息，卻老是被拜完月老出來的民眾擠來擠去。一個阿姨拉著她的兒子，看起來似乎年紀比我大個兩三歲的男子，橫衝直撞地，沒有要好好排隊的意思，直直朝我撞過來，就為了推開我，好走進月老殿。

我就這樣整個人被撞飛就算了，還撞進了旁邊那位男士的懷裡，幸好他撐住我，不然我會摔在地上，被信徒各種踩踏，在這間廟宇結束我的一生。

那男人有些不開心地指責阿姨，「排隊的尾端在另外一邊，妳這樣是插隊，大家都在排隊，妳也要遵守規則！」男人一開口便知有沒有，阿姨頓時引起所有人側目，她不敢再趁機插隊，拉著安靜乖巧的兒子，要經過我們往最尾端排去的時候，她手上的三炷香就這樣戳上我的衣服，頓時我的白色T恤有了三個洞，要性感不性感的。

我傻眼地看著阿姨，她明明知道自己弄破我衣服，還想裝沒事地離開。我說了，我是個沒關係的人，我並不想跟她吵架，尤其這裡人這麼多，我害怕所有人的眼神都會朝我看來，所以我打算就這麼算了，不過就是一件衣服。

但那位男子卻擋住阿姨去路，「妳把人家衣服燙出三個洞了，不用道歉嗎？不用賠嗎？」

我真的倒抽口氣，毫無意外地，所有人看向我這裡，我頭低得不能再低，我討厭變成全場的焦點，除了工作必須要做簡報。

我低聲對著那個阿姨說：「沒關係，沒事，你們去排隊吧……」

阿姨一臉「算妳識相」的表情，拉了兒子要走，我以為可以結束了，沒想到那男人又說一句，「她說沒關係，妳就這樣算了嗎？難道妳不會感到羞愧嗎？年紀比我們都還要長，不該以身作則嗎？一句對不起有這麼難開口？」

我真心覺得這位男子熱心過頭，我壓抑著不耐對他說：「我就說了沒關係，我不在意，就這樣算了可以嗎？這是我的衣服，我有權利要求對方道歉，也有權利不責怪對方，你是不是管太多了？」

這時，那位男子恍然地看了我一眼，接著大器笑笑，「也是，這是妳的事，抱歉，是我雞婆了。」

他這麼一說，反倒讓我覺得抱歉，好像是我糟蹋了他的好意，凌菲說我上升在雙魚，就是會有很多小劇場，自己要注意，我現在心裡自動演起我是個渣女的情節。我偷偷看他，但他光明正大看著我，爽朗一笑。

被抓包的我也只能尷尬地回以一笑，試著解釋，「謝謝你的好意，但我真的沒關係。」

他點點頭，「如果妳是真的覺得沒關係，那就沒關係。」

他說完看了我一眼，但那一眼似乎把我看穿，他好像知道我在假裝沒關係。的確很難沒關係，這件T恤好歹也要三千塊，我想了好久才買下來的，而且還是從國外找代購，因為特別喜歡這個牌子，才忍痛下訂，現在多了三個洞，以後也不知道該怎麼穿。

但我還是倔強地對他笑笑，繼續假裝沒關係。

人生就是一場戲，演也要演到底。

他突然問我，「妳是拜完了嗎？怎麼沒有去排隊？」

「我陪朋友來的。」我說。

「我也是。」他面帶笑容地繼續詢問，「所以妳們剛剛有去那個大姊那裡聽拜月老流程？」我笑了出來，點點頭，很坦白地對他說：「有，但我都沒在聽。」

換他回應我，「我也是，緣分這種東西，幹嘛強求，注定是你的就是你的。」

我點點頭，「但注定這兩個字，也很宿命論。」

他想了一下，「但注定這兩個字，比拜月老浪漫。」

我只是笑了笑，沒有回答，因為我好久都不知道浪漫長什麼樣子……

不知道為什麼，人愈來愈多，凌菲好像準備了一大篇論文要跟月老報告一樣，在裡面待了好久，我和那個男人被愈擠愈往邊邊去，人潮幾乎快把我淹沒，我連續被三個人撞到差點摔倒，他過來幫我擋。

但擋不住大家對月老的崇拜，他突然拉住我的手說：「我們下去等吧，不然朋友就算求到姻緣，我們也沒有那個命給他們包紅包。」我還沒回過神，就被他拉著往樓下走，穿過所有來祭拜的人，來到最外面的大廟口。

我終於可以好好呼吸，這次，我向他道了謝。

因為我剛才真的以為我會死在裡面，雖然現在死去對我來說好像也沒關係，但接近死亡的過程，還是讓我覺得有些可怕。我還在喘氣的時候，他已經買來兩瓶水，將其中一瓶遞給我，我搖手拒絕，「不用了，謝謝！」

跟一個相處不到二十分鐘的陌生人講這麼多話已經是我的極限，現在又要接受他的好意，喝他買來的水，我真心覺得不好意思。但他直接扭開瓶蓋給我，示意我喝，「妳看起來快往生了。」他說。

就算要死，也不能連累他，畢竟他是最後一個跟我交談的人，肯定會被叫去調查。無奈之下，我只好接過來喝了口水，喝完整個人好多了。我們找了個陰涼的地方休息，各自傳了訊息給朋友，我拍了廟門口的照片，要凌菲結束後到這裡找我。

沒想到這一等又是半小時，我心裡的小劇場又出現了，旁邊這位男子應該不會是在陪我等吧？他是不好意思先離開嗎？不會的！通常比較不好意思的人是我才對，他真的有朋友在裡面嗎？他的朋友跟凌菲一樣瘋狂嗎？

這機率實在太低。

最後我還是忍不住說了，「那個……我可以自己等。」

他一臉茫然地看著我，「什麼意思？」

「我可以自己等我朋友，你有事可以先走。」

他突然笑了出來，「我坐在旁邊，讓妳很不自在嗎？」

我搖頭，「不是！是……」我實在很難跟他講我的小劇場，他一臉好奇地等著我的答案，我只好豁出去了，「你真的有朋友在裡面嗎？」

「不然呢？」他反問我，可是我不知道怎麼回答。他看著我，開始大笑，然後對我說：「妳該不會從頭到尾都覺得，我是故意跟妳搭訕吧？還拉妳出來？傻傻地坐在這裡陪妳等朋友？」

「我沒有那個意思，我只是想說，會不會你朋友已經先走了，你怕丟下我不好意思，所以才一直在這裡，畢竟我們真的等很久了，我朋友的個性我了解，她是真的會拖比較久……」

他一直笑著看我解釋，然後說了一句，「妳真有趣。」

下一秒，我就聽到有人喊著，「藍一明！」

他轉頭朝兩個走來的男人揮手，三人相聚，他微笑著對我說，「會等比較久，是因為我在等兩個人。」他的朋友們好奇地看著他跟我對話。我真的覺得很糗，完全笑不出來地點點頭。

「她是？」其中一名朋友問起我的身分。

他拉著朋友走人，回頭看了我一眼後說：「剛認識的朋友。」

然後他的兩個朋友就起鬨了，「媽的，我們拜月老都沒認識！」「你給我在外面把妹？你有缺？」「就是有你這種人，我們才會單身！」「她滿漂亮的，叫什麼名字啊？」

他的聲音愈來愈遠，「不知道，問那麼多幹嘛……」

我看著他們三人的背影消失後，只覺得想太多的自己很荒唐，雖然下次來臺中也不知道是什麼時候，茫茫人海會再相遇的機會也渺茫到不行，但還是覺得有些丟臉，我的小劇場病，永遠都不會好。

「發什麼呆？」凌菲的聲音在我左後方出現。

我嚇了一跳，回頭，她拿起我沒喝完的水猛灌，接著炫耀她手上綁的紅線，「我求了三十七次，月老才肯給我！」

我傻眼，「這樣強迫月老對嗎？」

「沒辦法啊，月老要對我負責啊，祂怎麼可以只幫別人牽線結婚？我也是宇宙子民的一員，祂不能這樣大小眼吧？當神不是要公平嗎？怎麼別人都可以嫁出去，我就不行？這說不通吧？」凌菲愈說愈大聲。

我只能拉著她說：「好的，冷靜！接下來要去哪裡？」

凌菲馬上轉換心情，開心一笑，「下午茶！」於是我們又開始了臺中美食之旅，都不知道她到哪裡找到這麼漂亮的咖啡廳，我們吃著美味的甜點，喝著香醇的咖啡，接著到勤美走走，她買了幾副耳環，我買了幾張明信片，雖然不知道可以寄給誰，但我喜歡收集明信片，好像我去過很多地方，假裝我的人生很豐富一樣。

晚上逛完夜市，回到住宿的地方，我也佩服她能找到這種老宅新建、文青感滿滿的飯店，每個角落都美得驚人。凌菲很快就洗完澡睡覺，畢竟她今天經歷了一場大仗，我也很累，昨晚失眠，今天又開了一天車，照理說，我應該也是要直接躺平了。

但不知道為什麼，我精神還是很好，然後會想到那個男人的笑。

突然，手機傳來訊息。

是大伯母傳來的，「下星期五奶奶忌日，妳要請假回來拜拜嗎？晚上要不要留下來吃飯？我煮妳愛吃的三杯雞。」

我看著訊息，莫名湧上一股不舒服感，但我還是找了個最可愛的貼圖回應大伯母，然後說：「好，我會回去。」

這個晚上，我睡睡醒醒，不知道是做夢，還是回憶斷斷續續閃回，我想到了被拋棄的時候，和別的小孩子不同，人家爸媽離婚，是爭著要小孩的撫養權，而我的爸媽是想把我推到對方那邊。

沒有人要養我，那年，我才小六。

最後是奶奶跳出來說「我來養」，於是我被帶回了奶奶家，和大伯、大伯母、堂姊同住。

即便是奶奶說要養我，但她要養我，並不是愛我，只是覺得鄭家的骨肉不能流落在外罷了，如果我不姓鄭，她也不會插手管這件事，所以我和奶奶並不親近。

家裡房間不夠，堂姊的房間一半給了我。

我一直以為大伯、大伯母和堂姊都很喜歡我，畢竟他們對我說話溫柔客氣，又常常會關心我，堂姊有好吃的也會分我一半，我覺得他們才是我真正的家人。

但沒想到我國三那年，大我一歲的堂姊佳容在大伯母房裡哭著說：「我要自己一個房間！海洋為什麼一定要住我們家？我討厭什麼東西都要分她一半，我真的很討厭她，她到底什麼時候才要走？」

我永遠忘不了那天提早下課聽到的那一切。

大伯母唸著堂姊，「妳不要吵，人家海洋她爸可是每個月都有固定匯錢來的，妳爸工作不順，現在只能靠妳叔叔幫忙，要是海洋不住家裡了，妳爸怎麼拿海洋當理由去跟妳叔叔要錢？」

那天，我終於明白，大伯一家對我好，並不是因為我表現得夠乖夠聽話，而是他們需要我在，這樣我爸就會給他們錢，我只是一個讓他們拿錢的理由。其實我一點也不喜歡吃三杯雞，但那是大伯母做得最好的一道菜，我只能表現出很好吃的樣子，為了給大伯母鼓勵。

可我得到的，卻是如此現實的回應。

從那天起，我一樣很乖很聽話，可在我心裡，他們已經不是家人了，只是室友，直到奶奶在我高一過世，堂姊搬到奶奶房間，有了自己的空間，她對我更好了，大伯也因為我爸的幫忙，生活撐了過去。

他們時常會對我說謊，比如大伯母藉口說要回娘家，但其實是把我丟在家裡，好方便他們去吃大餐、去家族旅行。因為大伯母不喜歡整理房子，我這個寄生蟲要求表現，便主動擔起打掃的工作，不小心看到了好多旅遊景點的發票，知道了一切。

沒關係，都是我的錯。

其實他們大可以直接說的，他們本來就是一家人，有足夠充分的理由可以享受所謂家人之間的溫暖。

而我只是剛好姓鄭。

可姓鄭對我來說是禁錮、是枷鎖、是我最想逃離的一個詛咒，有這樣的父母成了我人生最大的遺憾，當我能自己生活時，我最想做的就是逃離，希望能愈逃愈遠……

但會讓你如願的就不是人生。

我沒有夢想，
我沒有目標，
我沒有期待，
唯一擁有的，
只有這一具，
破碎的軀殼。

一片一片，
隨著時間，
消失不見。

# 世界上的出其不意，都是一種逼迫。

全世界最了解我家庭狀況的人，就只有凌菲。

我曾試著告訴我的初戀、第二任、第三任、第四任男友……關於我家的事，但那時候他們不關心，因為我們年紀很小，愛情的格局只有彼此，而不是雙方的家庭，所以，我後來也懶得多說了。

他們不會懂，也不會在乎。

直到第十任男友方右任，交往進入第三個月後，我試著讓他了解我家的狀況，其實說複雜，也並不是那麼複雜，我的父母在我小學六年級的時候離婚了，我對父親印象並不深，因為他在外頭有女人，和我媽經常吵架，所以根本就不愛回家。

後來他在外頭生了個兒子，我媽氣得跟他離婚，連我也不帶走，而父親為了要跟外頭的女人結婚，也不要我，甚至連一句安慰的話也沒有，奶奶直接從我媽的手上接過我，我媽連看也沒看我一眼，就這樣瀟灑離開。

那時候的我根本不曉得大人之間的恩怨，我以為是我不好、是我不乖，所以我的爸媽沒有一個人要我，所以到奶奶家後，我努力變得更懂事、更乖巧。擔心大伯、大伯母要在我身上多花錢，我努力念書拿獎學金，拿到的圖書禮券、商品禮券也都給堂姊，就是希望他們不要覺得我是個麻煩，甚至……希望他們能夠愛我。

而他們也對我很好，堂姊買新衣服我也有，堂姊吃的零食我也有，我以為大伯跟大伯母就是我的另一對父母，即便我的父母後來都各有一雙兒女，以血緣來說，他們四個算是我的兄弟姊妹，但我只把堂姊當作真正的姊姊。

只是沒想到，夢醒得太快，高一那年，我意外聽到大伯母和堂姊的對話之後，才明白他們對我的好只是利用和貪圖，才知道那個會摸我頭、抱抱我的堂姊，一點也不喜歡我。我一直在想，是不是我做得還不夠多？是不是我表現得還不夠好？於是我連洗衣服的工作都攬了下來。

比起姪女這個身分，我更像是傭人。

而我樂在其中，甚至希望有奇蹟發生，可惜沒有，奶奶過世後，再加上大伯的工作回穩，我可以感受到他們對我的漸漸疏離，我成了不被需要的人，做再多家事，也只是理所當然，可是每天放學，我仍然會熱切地喊一聲，「我回來了！」

大伯母會丟一句，「我今天不舒服，沒煮飯。」

「沒關係，我隨便吃。」然後就會在房間裡，聽到大伯帶著老婆女兒出門去的聲音，我則是留在空蕩蕩不屬於我的家裡，什麼也吃不下。我下定決心，等到考上大學，就一定要搬出去，離開任何屬於姓鄭的地方。

聽到我要獨立、半工半讀，他們笑得好燦爛，我完全能理解他們的興奮，也替他們開心，終究，我還是要一個人的，我只是再次回到小六被丟掉的那個時候，重新開始。

他們以為我還不知道父親每個月都會匯生活費的事，還擔心地交代我，缺錢隨時告訴他們，我也只能裝傻，對著大伯跟大伯母說：「謝謝你們養我長大，給我一個地方住。」

大伯母抱著我哭，一副很捨不得我的樣子，「別這麼說，我們可是妳的大伯跟伯母啊，妳需要什麼隨時跟我們說，第一學期的註冊費夠嗎？」我很想回她，我爸不是早匯給你們了嗎？還在那裡假？

但我只是深吸口氣笑笑，「你們給我的零用錢，我都有存起來。」那其實也是我爸的錢，可我始終無法拆穿這場溫馨的鬧劇，我也不想再用我爸的錢，那始終讓我覺得自己只是一個分期付款的交易。

我住在大伯家的日子，他從沒有回來過，奶奶還在的時候，他會打電話回來問候奶奶，聽說他在中國開工廠，日子過得很忙碌。我最後一次見他，是奶奶的告別式，他和他的老婆、小我好多歲的弟妹回來送別。

他只是淡淡看了我一眼說，「這麼大啦？」然後就沒了。

奶奶出完殯，他們一家人就搭著晚上的飛機離開，我很想問他，為什麼不帶我走？我不是你的女兒嗎？但我沒有機會問，日子一天天過去，我也不想再問這個問題。

其實答案就在眼前，我不在他心裡。

一直到現在，我爸都沒有跟我聯絡過，我甚至也沒有他的手機號碼，兩年前聽伯母說他回來臺灣，買了房子，全家都回來過日子，可他還是沒有找過我，彷彿這世界上沒有我的存在一樣。

至於我媽，則是在我大學的時候，突然出現在我眼前，莫名其妙。

我對她最後的印象是奶奶告訴我的，她在我爸外頭有女人的時候，也去找了別的男人，所以一離婚，馬上就嫁給有錢人了，而且就像不想輸給我爸似地，很快地也生了個兒子，我爸後來再生一個，她也再生一個，不知道是哪來的勝負欲。

可笑的是，他們爭的，從來都不是我。

奶奶說我媽不是個好女人，以後能離愈遠愈好，我表面上沒回答，但心裡在抗議，為什麼要這樣說我媽媽？妳自己的兒子也好不到哪裡去啊！

後來證明，奶奶說的是對的，我媽的先生過世，她一個女人帶著兩個小孩，靠著老公留下的遺產和保險金過日子，老是害怕老公的兄弟姊妹要跟她搶遺產，整天疑神疑鬼，最後人家氣得不跟她聯絡。

我為什麼會知道這些事呢？因為她老公的兄弟姊妹居然能找到我，要我勸我媽別這麼神經質，我無言以對，我跟我媽的熟悉度甚至不比他們高，他們是不是太高估我了？我其實什麼也不是。

我媽來學校找我，就是要我別聽那些人亂說，但我根本不在乎他們說什麼，我在乎的是，她來找我不是問我這些年過得好不好，而是在對我訴苦，跟我說她先生死後，她活得有多辛苦、多害怕……

那時候的我竟覺得我媽很可憐，我對她伸出了援手，我成了她發洩的管道，她永遠都在哭訴自己有多累，但那卻讓我覺得開心，我終於被媽媽所需要，我媽還是愛我的，她心裡還是有我的，所以她願意讓我分擔她的痛苦，我真心以為，我撿了一個媽媽回來。

所以一開始我心疼她、我努力安慰她，後來發現，那些來告狀的人說得一點也沒錯，我媽媽是個小心眼的人，她只顧著訴說她的委屈，卻在我想抒發自己在學業和工作上的不順時，流露出一點都不想聽的態度。

我仍然不是女兒，只是一個垃圾桶。

沒聽奶奶話的我，就這樣被我媽纏上，她把所有的負面情緒丟給我，我看到她永遠都是哭喪著臉，從沒有為我付出過什麼，哪怕是一杯飲料，她都沒有買給我喝過，可她卻十分疼愛她的另外兩個孩子，我們曾一起出去吃過一次飯，我看到她有多照顧那兩個小孩，替他們挾菜、招呼他們好好吃飯，我就是個去付錢的人，我不懂，為什麼我不能分到一點點愛呢？

那次之後，她要再找我出去吃飯，我都拒絕。

因為那天回宿舍後，我病了好幾天，像卡到陰那樣，凌菲聽我說了三天的夢話，自己推敲出我家的狀況，她陪著發燒的我去急診，甚至替我去超商代班，等我清醒有意識的時候，已經是一個星期後了。

她完全沒有邀功，只是把上課筆記跟工作交接給我，最常問我的一句就是「妳吃飯了沒有」，然後把她手上的食物塞給我，就這樣，我們愈來愈熟悉，總是她問我答，知道了我大大小小的事。

第二年沒抽到宿舍，她約我一起到外頭租房子，我們便從二十歲開始同居到現在，將近二十年，如果有人問我有沒有家人，我會說凌菲就是我的家人，我能依靠的人，就只有她了。

她常告訴我，要試著把內心話告訴另外一半。

但當我全部告訴方右任之後，他就跟我分手了，他覺得我們家太複雜，他爸媽可能很難接受。那是我第一次知道了家世的重要，後來，我就不敢再說了，總是想著，等他們更愛我一點的時候再說吧……

只是都沒等到那個時候，我就又被甩了，用盡各種理由。

幸好不是再說「妳家太複雜了」，那會讓我無法呼吸，因為那不是我的錯，把責任推到我身上，我會覺得自己太無辜，我可以接受對方不愛我，或覺得我無聊，甚至是找到更好的女孩，但像方右任那樣拿「妳家太複雜」當分手原因，會讓我覺得自己很可憐，我已經努力活著，盡量讓自己看起來不可憐了，不是嗎？

我認真工作，主管交辦的我做，主管沒說的我也做，組員不想做的，我這個主任來做，什麼事我都撿起來做，我心甘情願，就是因為我不想引發紛爭，不想把事情搞得太複雜，但也因為這樣，我每次都被凌菲罵沒有原則，爛好人一個。

因為我只能努力當一個好人啊。

當好人都沒人要了，怎麼能當壞人？

但好人真的很少有好報。我媽不知道怎麼花的錢，她丈夫留的幾千萬存款，居然已經花得差不多了，一直對我哭窮，不管我怎麼問她，她就是不肯說，只說自己以後只能靠我。

她現在想要我當她的依靠，但當我無依無靠的時候，她在哪裡？

我原本可憐她，但後來漸漸地無法同情她，到現在甚至不想接她電話，當她上次激動地跟我說，「是不是我沒錢了，連妳也看不起我了？」我真的不能理解，她到底是以什麼身分來指責我的？

我知道這個媽媽不會愛我，無論我再怎麼努力，她愛的只有後來生的那兩個小孩，我只是比較倒楣，早一點被她生下來，當她情感沒有依靠時，被拿來當救生圈的人。

我媽每一次哭著打來說自己有多可憐的時候，我就會更清醒，過去的回憶就會更清晰。她唯一撫養我的時候，就是國小六年級前，我從沒看過她的笑臉，我的存在就只是她要求丈夫回家的一個理由而已，我看到的時常都是她哭到顫抖的背影，她很少回頭看我。

現在卻要我愛她。

我曾經以為我可以，我給過我媽機會，就算她在小六時狠狠拋棄過我，我還是對她有期待，可後來發現，我媽給我的永遠只有失望，但算了，沒有媽媽我也是這樣長大了，有爸跟沒爸一樣，我也是這樣來到了三十八歲，沒關係，真的，這一切都沒關係了。

我不知道自己翻了多久才睡著，當我再次醒來，看了一下手機，居然已經下午了，我整個人從飯店的床彈起來，看到凌菲跟我的行李都還在，但她人卻不見蹤影，明明該退房了，怎麼只有我在這裡？

我瞬間清醒打電話給她，就聽見電話鈴聲在門口響起，電話被掛掉了，我聽到刷門卡的聲音，進來的是提著大包小包拿著車鑰匙的凌菲，她笑笑問我，「有沒有睡飽？」

「妳怎麼沒有叫我？」我問。

「幹嘛叫妳？妳難得睡那麼熟，多睡一點啊，我有延長時間，剛去買了一堆東西，超爽！妳整理一下，我們等等直接退房去吃燒肉，然後回臺北！」她永遠能夠把變化改成計畫，超級計畫通。

我心裡很感激，謝謝凌菲對我的溫柔。

燒肉理所當然是我請客，我把凌菲愛吃的全都點了兩輪，還幫她點了酒，畢竟開車的是我。可能是有睡飽的關係，我食欲也很好，我們吃到服務生問，「確定還要點嗎？」

我們同時點頭，就這樣吃到用餐時間結束，等我們出餐廳的時候，已經天黑，凌菲也開始發起酒瘋，我趕緊把她塞進後座，繫好安全帶，但我忘了要鎖窗戶，她已經按下車窗，瘋狂唱歌。

我開車很少聽音樂，我習慣安靜。

所以藍芽連的永遠是她的手機，她繼續播著她的音樂清單，對著每一台開在我旁邊的車大唱，我試著想把窗戶關起來，又怕夾到她，於是只能抱歉，如果有人錄下她的瘋狂，上傳到爆料公社，那也是她的命了。

我盡力了，凌菲。

幸好她唱到苗栗時，已經趴在車窗上睡著了，我趕緊下最近的一個休息站，幫她調整姿勢，關緊車窗，順便去超商買水，突然有人拍拍我的右肩，我嚇了一跳，退了兩步，一個陌生中年男子笑著說：「不好意思，剛才有叫妳，但妳好像沒聽到。」

「有什麼事嗎？」我警戒地看著他。

「沒什麼，想跟妳認識一下。」

我面無表情地回應他，「我結婚了。」

他居然說，「沒關係啊，我也結婚了！我們一樣可以交個朋友，有空出來吃飯，我住板橋……妳應該也住北部吧？」

通常搭訕都會結束在「我結婚了」這四個字，對方會知難而退，我第一次遇到這樣的對手，頓時傻住，不知道該怎麼拒絕時，一道身影突然站在我面前喊，「老婆，妳不去結帳在等什麼？」

我抬頭一看，是藍一明。

他對我使了眼色後，我假裝若無其事地去結帳，那個十分開放的男人也離開了。我結完帳後，走出店門口看到藍一明就站在吸菸區抽菸，我想過去跟他道謝，他制止我，然後迅速地熄了菸頭，朝我跑來，「妳車停哪裡？我陪妳過去。」

我搖搖頭，「不用了，剛剛謝謝你。」

他聳聳肩笑了笑，「我這輩子難得英雄救美一次，正好可以虛榮一下，妳快上車吧！」

他真是我最近難得遇到的一道善意。

我感謝地點點頭，兩人也不知道該不該說再見，就這樣點頭、微笑、點頭、微笑，直到我上了車，往高速公路方向開，我從後照鏡看到藍一明，他確定我開走後才上了車。

我在心裡再次對他說了聲，「謝謝。」

這時，後座傳來虛弱的喊聲，「水、水……」

我把水瓶丟給凌菲，她大口大口地喝起來，這才清醒了一點，然後問我，「奇怪，那酒是不是有問題，我喉嚨怎麼那麼痛啊？」

我罕見地大笑出聲，凌菲一臉莫名地看著我，「有事嗎？」我還是繼續笑著，凌菲白眼我，但也懶得再問我，回到家後，我們把買回來的東西整理好，準備各自回房休息的時候，我很真心地向凌菲說了一句。

「謝謝妳帶我去臺中，很好玩。」

凌菲笑得很燦爛，對我比了個讚。這晚，我睡了好覺，連帶幾天工作狀態都還不錯，討人厭的主管沒那麼討厭，沒神經的助理跟組員也看起來特別順眼，直到星期四晚上，我加班到晚上十點多，一回到家，接到大伯母傳訊息提醒我明天是奶奶忌日，我才又趕緊發訊息給經理表示要請假，星期一進公司再補假單。

當然馬上接到經理打來罵人的電話，「妳是不知道這個案子在趕嗎？客戶急著要預算，妳還想要休假？星期六給我進去加班！」經理罵我就像十幾年前我剛進公司，他是我的小組長時一樣，當孩子罵。

我也只能平靜地回答他，「知道了。」

能在一間公司待超過十三年，對我來說，大概是這半輩子唯一驕傲的事，雖然運氣不好，被分發到跟有背景的經理同一組，身旁的同事來來去去，就我一直留著，經理是靠關係一步步爬上去，可我不是，我是靠著堅持走到現在。

中間也有不少公司挖角，但我就是沒有離開。

對我來說，去哪裡都一樣，每間公司都有討人厭的人，我不能保證離開這間公司，就不會再遇到比經理更噁心的人，既然這樣，不如就留下來，至少我知道自己可以承擔現在的狀況，我就是這麼保守。

即便這個舒適圈不夠舒適，但至少能讓我窩著，做著讓自己能專注的事，這樣就夠了。凌菲老是勸我不要這麼消極，但這卻是讓我能緩緩前進的一個方法，是專屬於我鄭海洋的方法。

我掛掉電話，吃著今天的第一餐泡麵。凌菲穿著圍裙從房間出來，身上沾了些許顏料，我忍不住問她，「不會又多學畫畫了吧？」凌菲笑笑點頭，「線上課程加減上。妳吃什麼泡麵？給我停下來！我來做個麻辣燙加煎餃，啊！蔥油餅吃不吃？團購剛到貨的！」

凌菲搶走我手上的泡麵，脫下畫畫的圍裙，換上廚房的圍裙，然後推我去洗澡，當我再次出現，又是四人份的菜色，再看到旁邊的啤酒，我知道這四人份都是我一人的，凌菲沒吃幾口，就只喝酒，一如既往地拉著我問：「到底我這麼棒的女人，為什麼嫁不出去？老天沒眼是不是？我就問！」

我深吸口氣，承受著凌菲的悲從中來、撕心裂肺的哭喊，警衛還打對講機上來抗議，鄰居都在投訴我們太吵，我只能迅速關上窗戶，連門的縫隙都拿衣服塞住。凌菲哭了一晚後，搖搖晃晃地自動去床上躺好睡覺。

原本吃完泡麵洗好澡，十二點前就能睡覺的我，因為凌菲的熱情，我再次躺在床上時，已經凌晨兩點，我不求什麼，只希望我明天可以準時起床，不要在奶奶的忌日這天遲到。

幸好，iPhone的鬧鐘十分給力，我只睡了四個小時，便被徹底叫醒，整理好準備出門的時候，就見宿醉的凌菲走出來，一臉快死了地問：「我喉嚨好痛，昨天有幹嘛嗎？」

我笑了笑，「沒事，多喝溫開水，我出門了。」

「應該拜拜完就回來了吧？晚上在家吃飯？」凌菲癱在沙發上問我。

我聳聳肩，「不知道，看看吧，我再跟妳說。」

我和凌菲說了再見，便開車回老家。老家其實一點都不遠，開車也就十分鐘的距離，有心用走的也能回去，可是那裡對我來說，早就不算是個家了。一到門口，才發現大伯家換了密碼鎖，我手上的鑰匙顯得十分諷刺，我按了門鈴，堂姊來幫我開門，給了我一個大大的擁抱。

「好久不見，海洋！我好想妳！」

我笑了笑，把手上的鑰匙交給堂姊，「這個應該用不到了，先還給你們，安全一點。」

堂姊尷尬地解釋，「現在都用密碼鎖，這樣比較方便，忘了跟妳說了，密碼是……」

「沒關係，我也不常回來，也要你們都在家，我回來才有意思啊。」我本來就不是這個家的人，根本不需要知道密碼。

我會回來，純粹是為了那個在小六時沒讓我無家可歸的奶奶。

我拉起袖子，進廚房想幫忙整理要拜拜的東西，大伯母拉著我到旁邊去坐，「妳不用忙，我們來就好了……」

大伯母說到一半，我發現她笑容有點僵，知道她肯定還有事沒說完，我乾脆直接問，「有什麼事嗎？」大伯母笑得十分親切地解釋，「今天妳爸也會回來一起拜拜。」

我愣了一下，這個好久好久沒有被提起的人，突然出現了。

這時門鈴聲響了，堂姊去開門，進來的是我父親一家四口，看得出感情和睦，同父異母的弟弟二十六歲、妹妹二十四歲，打扮得十分潮流有型，身上穿戴的看起來就是過著十分富裕的日子，他們見到我，只是嗨了一聲。

我也回了聲嗨，很冷淡地。

真怕他們喊我姊姊，我承擔不起，也不想在活了大半輩子後，又要重新建立兄弟姊妹情感，大可不必。父親看到我，眼神充滿情緒，或許看到我不再是奶奶告別式上的那個青少女，而是嫁不出去的大齡女子。

他這次沒有說「長大了」，反而有些逃避我的眼神，不知道他是不敢面對我，還是很怕我喊他一聲爸。

但擔心是多餘的，我與父親之間永遠夾著一個女人，就是他的老婆，我喜歡她毫無掩飾地打量我，我欣賞她的直接，不論是對誰講話，比如她會看著坐在沙發上的堂姊說，「妳不事生產，還讓妳媽自己忙，以後娶妳的人也是倒楣。」堂姊只好不爽地去幫忙。

看到滿桌子祭品，老公的妻子就會發出嘖嘖的聲音，一臉不解地問：「不就是拜拜，有必要做滿桌子菜嗎？到底是要給先人吃，還是自己吃？」她就是介於爽朗和白目的中間，我感受到大伯母和堂姊非常努力地忍耐她。

我坐在沙發上看戲。

拜完奶奶後，全家一起吃午餐，大伯十分熱心地勸菜，大家依然這樣要吃不吃的，好像吃奶奶吃過的東西會中毒一樣，每個人都吃得很小心，我反倒喜歡看到這樣的大家，都有弱點都有危機，我會覺得很安心。

不安，不是只有我才會有。

好不容易捱完吃飯的時間，大伯母跟堂姊在洗碗，年輕弟妹玩著手機，突然我爸的太太拍拍我的肩說：「借一步說話。」這是她跟我爸在一起後，跟我說的第一句話，我好奇她到底要跟我講什麼……

於是，我們來到陽台，她思考著要怎麼跟我開口。我不太喜歡浪費時間等別人表達他的感受，可能跟工作有關，我希望你都想清楚了，再來好好跟我說話。我等得有些不耐煩，轉身要走時，她喊住了我，然後從她的口袋裡拿出摺起來的一張紙，攤開後遞給我。

我好奇接過，看了第一行，就笑了出來。

「拋棄財產繼承同意書？什麼意思？」我不懂。

「妳爸現在有這些財產，是我陪他打拚到現在的，就算他沒有親自照顧妳，但至少每個月都有給生活費，大學學費也是他付的，這樣就夠了吧？妳不會貪心得還想要跟弟弟妹妹爭財產吧？」

我覺得荒唐，「這麼早就在擔心財產了？」

「我只是以防萬一，免得以後麻煩。」

「我考慮看看。」我說。

「有什麼好考慮的？這個家，是我陪妳爸經營到現在才有的成績，妳本來就不應該繼承，真正該擁有的鄭安正跟鄭安青才對。」

看到我爸的太太如此著急要我放棄，不知道為何，我卻愈不想放棄，我總覺得她的人生也需要遇到一些困難，我並不在乎什麼財產，但她愈想要，我就愈不想給她，畢竟她也是破壞我家庭的女人，她怎麼好意思說這些話？以我爸的財產，我就算拿到一份，她下半輩子省點花，也可以不愁吃穿。

她急到拿出筆，「現在就簽了吧？」

我直接撕掉那張放棄繼承書，淡淡地說：「我還不想簽，就算我從來沒有想過要拿我爸一毛錢，我還是不會現在簽，因為妳的方式，讓我太不爽了。」我給了她一個微笑後，直接拿起我的包包走人。

對著還在洗碗的大伯母跟堂姊道再見，再跟看電視的大伯打聲招呼，無視我父親一家人，我直接離開鄭家，然後忍不住抬頭看向天空，很想問奶奶，「奶奶，妳看到了嗎？妳老是罵我媽，但妳也是滿不會教小孩的……妳也很慘！」

我對鄭家再次感到深深地失望，我開著車，在臺北街頭亂晃，直到心情穩定才開回家，由於淩菲要我先到警衛室拿包裹，於是聽話的我來到門口的警衛室，不料竟看到一道熟悉的身影，在我還來不及逃之前，她就激動地衝向我，對著我大吼大叫，「妳為什麼都不接我電話？到底在搞什麼？」我媽好像瘋了一樣，在門口跟我拉拉扯扯，要不是警衛看過她幾次，以這種暴力狀況，真的是可以直接報警。

我拉開我媽的手，「工作很忙，今天奶奶祭日……」

「都死那麼久了有什麼好拜的？當初要不是她對自己兒子外遇睜一隻眼閉一隻眼，我會痛苦這麼久嗎？全怪她寵兒子，還隱瞞我這個媳婦，這種人還需要去給她上香嗎？」

我真的聽不下去，「平常妳講這種話就算了，但再怎樣，今天都是奶奶忌日，留點口德可以嗎？不要愈說愈過分了！有什麼事傳訊息就可以了，我很忙……」

我媽一聽爆炸了，「妳有回嗎？要不是真的有事得找妳，我何必從市區跑到這種鬼地方？妳怎麼可以不接我電話？萬一我真的有事了，怎麼辦？」我住的地方是鬼地方沒錯，蛋白區中的蛋白，我和凌菲寧可花錢買車，花時間開車通勤，也不願意去租一個月四萬八的房子，車子至少是我們的，但房租繳了，房子是別人的。

我冷冷回她，「妳還有兩個年輕的兒子跟女兒，就算妳出事需要人背，他們都還比我有力氣。」

我媽氣得打我一下，「講這什麼大逆不道的話？我告訴妳，從今天開始，妳每個月要給我兩萬塊生活費！」

我一度以為我聽錯，請我媽重複一次，「妳再說一次？」

「我要生活費，一個月兩萬！」我媽好理所當然，好理直氣壯，我看著她認真的表情，忍不住大笑出聲，她難道忘了曾經給過我的傷痛嗎？怎麼好意思要求我為她付出？

我咬牙回嗆她，「妳要不要去搶？我不用付房租？不用付車子貸款？不用吃飯生活？」

「妳薪水不是滿多的嗎？而且妳不是也很常領獎金，我只要妳給兩萬而已啊……」

Oh my God！而已兩個字也說得出口。

我到底有沒有聽錯？怎麼會有丟下自己女兒完全沒照顧，現在卻回頭跟女兒要生活費的媽？到底是誰給她勇氣？到底是誰給她鼓勵？讓她覺得這世界上，全都是她說了算？

就算我月入十萬、一百萬，要我給她兩千，都不可能！

當初媽媽嫁給有錢老公，帶著她的兒女四處去遊行，大伯母時不時就拿ＦＢ讓我看她參加扶輪社、獅子會的各種餐敘，她花錢跟喝水一樣簡單，卻連一毛錢都沒有花在我身上，一個問候都沒有，現在卻要跟我拿生活費？

這樣合理嗎？就算她養我到小六，拿錢回家的也是我爸，她到底付出了什麼，可以這麼理直氣壯地對我說話？

有錢我也不想給。

「我沒錢。」我說，「我月光族，還剛換了車，每個月要繳兩萬多的貸款，沒辦法給妳所謂的生活費。而且妳需要嗎？妳老公留下的財產不夠妳花？太誇張了吧？妳到底把錢都拿去哪裡了？妳不解釋，就別想從我身上拿走任何一毛！」

我媽頓時詞窮，氣得直接呼我一巴掌，惱羞成怒地轉頭離開。

我和警衛對看一眼，都不能明白這一巴掌到底是什麼意思。他尷尬地轉移話題，「鄭小姐，東西很多呢，要不要借妳推車？」

我深吸口氣，點點頭，把那些包裹疊上車，然後回到家，才剛進門，凌菲出來幫忙，馬上就發現我的一邊臉頰微紅，「妳臉怎麼了？」我沒回答，她直接嗆，「給我老實說！還是我直接去問樓下老許？」

瞞不過凌菲的。

我一五一十地全告訴了她，她整個人氣炸，「妳要是給妳媽一毛錢，我就跟妳斷交！」我笑了出來，「斷交好像不是用在這裡的，是絕交才對！」

她瞪我一眼，「還在給我嘻嘻哈哈？我告訴妳，妳只要拿出一次錢，之後就會永無止境地被情勒，而且妳媽幾千萬才十幾年就花完？這根本不合理！」

我用力點頭，「所以我不會給她。」我對她簡直失望透頂，我太傷心了，我太笨了，蠢到以為自己能再次擁有媽媽，可事實證明，失去的早就失去了。

凌菲這才滿意地點點頭，拿了冰塊幫我冰敷，順便關心我今天祭拜的事，我也把我爸老婆要我放棄財產繼承的事說給凌菲聽，凌菲要是知道我父親住哪裡，現在肯定抄了廚房的菜刀去砍我爸的太太。

「要不要臉？我就問這些人，怎麼臉皮可以這麼厚？怎麼可以這麼不知廉恥？小三趕走正宮就算了，搶走妳爸，對妳一點抱歉都沒有，更何況妳爸是要死了嗎？怎麼好意思要妳簽財產放棄同意書？這些人真的……超有事！」

真的，超有事！

「厚臉皮的人日子都比較好過。」我的結論是這樣。

「不要臉的人才會有錢。」這是凌菲的結論。

她要我去洗澡，好好睡一覺，但我告訴她，「我明天還得進公司。」

凌菲氣炸，「妳身邊是不是沒有正常人？瘋子經理還要瘋多久？就因為他是董事長兒子的表姊夫，就可以廢到什麼事都不用幹，還能當上經理，每天靠壓榨妳來上位？」

我笑了出來，「妳也滿不正常的沒錯。」每天都衝勁滿滿，我沒見過這麼認真過日子的人，太奇怪了，這社會怎麼能養出這麼熱愛生活的人。

她瞪我一眼，轉身回房，進去前不忘罵我一下，「有時候妳真是活該。」

我聽到門砰的一聲，凌菲在宣洩她的不滿，那不滿裡有更多的是恨鐵不成鋼，是氣我讓自己委屈，我都明白，可是委屈成了習慣，這麼可怕的事，我竟然學會了，然後就再也改不了。

我討厭這樣的自己，卻也只能放任這樣的自己。很多書、很多語錄，包括凌菲也都告訴我，這樣是不對的，我怎麼會不知道，可是我還是只能躲在殼裡，繼續這樣過日子，我的殼是我最後的自尊，我已經脫不下來了。

注定，背著。

為了明天能好好去上班，我忍不住吃了精神科醫師開的藥，幫助自己入睡，我已經好久沒有拿出來吃了，忘了是幾年前去看的醫生，後來凌菲說不要靠藥物睡覺，對身體不好。但身體好不好，我也沒有很在乎，我不吃藥，只是不想凌菲擔心，整整一個月，我每天都睡不著，最後慢慢地因為太累而睡著，慢慢地好像可以睡覺，如果今天失眠，那我就會慶幸明天不會失眠，我一定會因為太累而睡著。

苟延殘喘，我覺得自己每天都是這樣。

藥品沒有因為放置多年而失去藥效，我很快就睡著了，一覺到天亮，我很感謝發明這些藥的人，但我知道不能再吃了，這種放心感，太容易讓人上癮。

假日早上車少，我很快就到了公司，用最快的速度處理瘋子經理要的資料，這時我的助理竟然也來了，她看到我時嚇了一跳，我則是一點感覺也沒有，我知道她經常趁假日來公司吃零食賺加班時數，可以補休假，她曾經這樣，一次放了五天，我被瘋子經理罵過縱容底下人，但他們不也是有樣學樣？

學他的樣。

「主任，怎麼進來了？」

「妳要來忙什麼？」我微笑問她。

她搖頭，「沒有啦，我只是進來拿東西。」她隨意把桌上的東西放到包包裡，「那我先走囉！拜拜。」我點點頭，看著她離開，但我知道，她一進電梯一定會很不爽地罵我。

但沒辦法，我看到了不阻止，那就是我的問題了。

既然來公司了，我就不可能只做完一件事就走，打算順手把下星期不少該處理的事也先一併處理完。只有自己一個人的公司，做起事來更專心，當我回過神時，已經又是晚餐時間，因為肚子太餓，我決定放過自己。

凌菲傳訊來，她要去相親，晚餐叫我自己解決。

於是，我隨便買了麥當勞，走進許多人在運動的公園裡，隨意找了張長椅，開始吃著漢堡，看著人來人往。我時常覺得人比電視好看，就這樣吃飽了，我吹著微微涼風，手機又震動起來。

是陌生電話，我好奇地接了起來，對方是我那個講不到十句話的同母異父妹妹，「我是少琦。」

「嗯？」我媽從我身上要不到錢，現在改利用她女兒來跟我要嗎？

「妳可以勸媽媽不要那麼寵哥哥嗎？哥已經把爸留下來的錢全賭光了，媽還一直幫他還債！我快瘋了！」我聽著年輕稚嫩的聲音在叫囂，這個妹妹也是可憐，我淡淡開口，「妳離開，不要管。」

這是我唯一能提醒她的。

也像在叮嚀自己一樣……

人為什麼會受傷？
人為什麼要受傷？

他為什麼要傷害我？
她為什麼也要傷害我？
世界為什麼不跟我和平共處？

## 心靈探索也是一種邪教。

同母異父的妹妹似乎也瀕臨崩潰邊緣，在電話那頭大吼大叫，「媽還要把房子賣掉，那以後我要住哪裡？哥為什麼這麼不懂事？妳不是姊姊嗎？妳為什麼不罵媽媽？」

我邊收拾吃完的食物拿去丟，邊回應她。「什麼意思？」

「妳沒有盡到當姊姊的責任！」她的指控真的很妙，我完全不知道要怎麼回答，她繼續咆哮，「我不管，爸留下來的錢，有一些應該也是我的，結果媽都拿給哥去還賭債！她憑什麼？那是我的錢！她憑什麼全花光？我真的好恨好恨，我還以為能出國留學，她怎麼可以這樣對我……」接著我聽到我媽的聲音從電話那頭傳了過來。

她對著自己的小女兒大吼大叫，「妳現在打給誰？我問妳現在打給誰？」「關妳屁事！不要搶我手機！」電話那頭爭吵尖叫，我的右耳快要受不了，要掛掉電話的同時，突然有個重物砸到我的頭上。

我手機沒拿穩，掉到了地上，只覺一陣暈眩，脖子也似乎溼溼的，我低頭一看，卡其色襯衫上有一片血漬蔓延開來，我伸手摸著疼痛的頭，才發現我頭髮也溼了，全都是血。

幾個大男人朝我衝了過來，扶住站不住的我，接著我聽到熟悉的聲音大喊，「快！叫救護車，我車裡的醫藥箱快去拿過來！」我試著睜眼看向講話的人，但好像血也流到眼睛附近，他的臉有些模糊，接著我就失去意識了。

再次醒來，是在急診室的床上。

經過的護理師見我醒來，急忙過來關心我的狀況，但不管她說什麼，我都只能微微點頭和搖頭回應，而且只要一動作，我的後腦就會痛到爆炸，我很想問到底發生了什麼事，但我喉嚨好像被什麼卡住一樣，話都說不出來。

接著，有人頂替了護理師的位置，是藍一明，他一臉抱歉地看著我，「妳還好嗎？對不起，我們不知道那裡有人……」他很緊張地講了一大串，但我聽得很亂，後來試著慢慢理解，才發現其實是我顧著聽電話，沒注意自己走到了運動場中間，結果有小孩子在裡頭玩棒球，我就這樣被球砸到了。

「大家馬上出聲喊妳，妳都沒有聽到嗎？」我搖頭，然後試著講話，可是聲音卻很虛弱，「沒關係……」

他整個人大傻眼，「什麼沒關係，妳流超多血，縫了超多針，醫生說妳要在這裡觀察一晚，確定沒有腦震盪才能走。我問妳，妳現在想吐嗎？」我搖頭，我只覺得傷口痛。

我閉上眼睛想休息的那刻，他說，「抱歉，害妳手機也摔壞了。」

我沒有力氣回應他，但我卻有點開心，對我來說，手機壞了最好，可以不用接讓人發狂的電話最好！

於是，我再次睡著，睡得很沉很沉，也不知道睡了多久，是護理師搖醒我的，她說要幫我量血壓，醫師要幫我檢查一下。我毫無反應能力，最後聽到醫生說，「鄭小姐，狀況都還OK，沒問題的話就可以辦手續離開，護理師等等會教妳怎麼換傷口的藥，還要預約下次回診的時間。」

可以走了嗎？可是我好像還沒有準備好離開這裡，回到現實世界。

護理師拍拍我，「鄭小姐？妳可以嗎？還是我跟妳的家屬說？」

什麼家屬？我哪來的家屬？

我勉強睜開眼睛，就見護理師喊著，「鄭海洋小姐的家屬？」我才想跟她說沒有這些人的時候，藍一明從外頭跑了進來，手裡還拿著我的包包，「有，在這邊。」

接著就看到護理師拿了張紙，叮嚀藍一明關於我傷口的各種注意事項，要他去批價領藥。交代好一切後，藍一明便快速走了出去，我勉強打起精神起身，坐在床邊好一陣子，視線終於有辦法集中後，我緩緩下了床。

可能是有睡飽，我的腳出乎我意料地有力氣，我能站穩，能緩步向前。才走出急診病房，藍一明就跑過來問我，「頭不暈了？妳看起來很嚴重，為什麼醫生說可以走了？」

「沒事，只是傷口有點痛。」急診病房裡的床位本來就該留給真正需要的人，我這種死不掉的不需要。

「我送妳回去吧。」他說。

我從他手上拿回我的包包，「沒關係，我自己回去就好了。」

他卻很堅持，「是我的學生亂玩鬧，沒注意打球規定，才會害妳受傷，學生很擔心妳，也要我向妳道歉，我已經跟他說，會確認妳沒事，也會負擔醫藥費……所以妳讓我送妳回去。」

我看著他，累得沒力氣跟他爭執，只能點頭，他甚至堅持要送我到家門口才可以，但我和凌菲從不會帶任何一任男友回去，那個家是我和凌菲最後的堡壘，是最後的一塊淨土。

他見我堅持要自己上樓，拜託被淹沒在清點住戶包裹的保全老許陪我上樓，我不想造成老許的困擾，也明白他真的內疚，最後只好點頭，「好，你陪我上去，但就到門口。」

他這才放心，進電梯的時候，他一直問我，「家裡有人陪妳嗎？有人可以幫妳準備吃的嗎？」我只能一直點頭，他拿出紙跟筆抄下他的電話號碼，塞進我的包包裡，「不好意思，因為要幫妳辦醫院手續，所以我有動到妳的錢包，拿了證件出來，但都放回去了……我的電話號碼也放在裡面，有什麼需要隨時打給我，除了手機，妳還有其他聯絡方式嗎？家裡電話？」

這時電梯門打開，打斷了他的詢問。

我走到家門口，按了密碼鎖，把門打開後，對他說，「我真的沒事，我要進去了，謝謝你送我上來，之後看醫生什麼的，我可以自己來，跟你學生說，我不會死，要他不用擔心。」我真的很努力想給他一個微笑，但我不知道有沒有成功。

我進門，才剛脫下鞋子，就看到凌菲氣呼呼地瞪著我，「搞什麼啊？打妳手機整天整夜都不回？妳知道我有多擔心嗎？打一通電話回來是有多困難？」看到我後腦的傷口，凌菲又更生氣，「妳頭又是怎麼受傷了？剛才送妳回來的是誰？」

我實在沒力氣回答這麼多問題，只能語帶懇求地對凌菲說：「拜託妳，讓我休息一下，我真的好睏，等我醒了，我再好好跟妳說好嗎？」我疲累地看著凌菲。

但她無法接受，二話不說，直接轉身出門，我知道她生氣了，因為太擔心我而生氣了……

可我完全沒力氣追她，我只能回到房間倒頭就睡，我不知道我睡了多久，當我再次醒來，已經是半夜兩點多，我總算有力氣檢查關於我的一切，這才發現我身上穿著一件牛仔襯衫，沒意外的話，應該是藍一明的。

我脫下牛仔襯衫，發現穿著的那件卡其襯衫上的一大片血漬都乾了，我脫了下來，連內衣也染了紅，我好好地洗了個澡，總算有些精神。想起藍一明說我手機壞了，我試著從包包裡找出壞掉的手機，確定電源真的完全打不開，我拿出舊手機，先將電話卡換了過去。

然後看到了凌菲打來的十三通未接電話，還有我媽打來的二十一通。

我輕嘆口氣，打開電腦，連上通訊軟體，看到凌菲擔心我的訊息，再看到我媽一直問我小女兒到底跟我講了什麼的訊息，還有大伯母要我絕對不能放棄我爸的財產繼承，別被那個女人給搶走的訊息。

我真的覺得想笑。

我的人生想想只有可笑。

我頭上的傷讓我無法專注，我知道自己沒辦法處理公事，於是我直接登入公司請假系統，請了一星期的特休，我想或許老天爺想換個方式逼我休假，畢竟我從出社會到現在，都沒有休過長假。

都處理好之後，我走到客廳想倒水，也想看看凌菲睡了沒有，如果她還沒睡，我可以跟她聊聊。

可沒想到，我卻在客廳桌上看到一張紙條，是凌菲留給我的。

上頭寫著，「我覺得我們還是分開住好了，我們一直是彼此的退路，所以總覺得日子這樣過下去是對的，但卻離我的目標愈來愈遠，一直花心思和時間擔心妳也讓我覺得很累……這陣子我會先住外面，等找到房子我再搬。」

我慌了，這感覺就好像那次我聽到堂姊說不想跟我同住一間房一樣。

我連忙打給凌菲，但她手機直接轉語音信箱，我傳訊息給她，我知道失聯一整個晚上，回來又看到我受傷，讓她擔心是我的不對，可我真的無意讓她生氣，我不希望她是在氣頭上跟我說這件事。

我坐在電腦前等著她已讀訊息，但始終未讀。

我居然失敗到把我這輩子最好的朋友也給氣走了。

現在我真的是孤單一人了，我盯著電腦，盯到眼神渙散，盯到反胃跑到廁所吐，但無論我有多慘，凌菲仍沒有回我訊息，一樣還是未讀。

我回到床上，淚水慢慢自眼角滑下，我不知道為什麼會變成這樣。

然後我再次沉沉睡去，再次驚醒，第一件事就是跑去電腦前看訊息，幾百則裡頭，仍沒有凌菲傳給我的，我傳給她的還是未讀，此時此刻，我突然清醒了，凌菲想自己住的念頭，或許早就已經有了。

但是為了陪我，所以從沒有說出口。

我可以體會她的疲憊，連我有時候都會受不了我自己，更何況是每天看著我的她，我深吸口氣，發送一條訊息，「妳回來吧，該搬出去的是我。」

於是，我沒日沒夜地在網路上找起房子，想用最快的方式搬出去，好把房子還給凌菲住，至於今年兩人一起付的租約費用，也沒什麼好計較的，我和凌菲之間沒有錢的問題。

我急著找房，但連房仲也都愛回不回，連我的錢也不想賺嗎？

傷口不知道為什麼又痛了起來，我的耳朵也痛，全身都在痛，甚至有些發冷，我躲在棉被裡，等著房仲有物件可以介紹給我，然後我又不知不覺地睡著了，就這樣，請假的一個星期間，我都不知道自己在過什麼日子，只是一直睡覺、接房仲的電話、看房子，本來決定要租下的房子，轉頭房東又說不租了。

看向凌菲跟我的訊息對話框，她還是沒有讀，一星期了，她沒有任何消息。

但日子終究要繼續，隔天早上我重新回到上班的軌道，一進公司，大家就用同情的眼神看著我，我以為他們是擔心我頭上這一包傷口，但結果不是，是因為我之前趁星期六進來趕的大案子，被別的廣告公司搶走，總經理大發飆，要找人負責。

而上星期完全沒有進公司的我，成了犧牲品。

我明明就有把預算趕出來，還寄到經理的信箱，但他硬說沒有，還說我沒有請假就直接休了一星期。我登入請假系統，發現我的假單沒被核准，我寄給經理的寄件備份也不見了。

經理很生氣地罵我，「我傳訊息叫妳別來了，妳沒看到嗎？」

沒有。

上星期除了房仲、除了凌菲，我誰的訊息也沒有看。

「所以我現在是被弄掉了？」我直接問經理。

瘋子經理嗆我，「什麼被弄掉，明明就是妳工作態度有問題！」他在眾目睽睽之下對著我大吼大叫，「總經理還願意多給妳兩個月薪水當資遣，妳都要偷笑了。」

我的確是笑了，看著所有人低頭不敢看我的樣子，我怎麼能不笑？

我看向我的助理，她頭最低，她明明就知道我星期六有進來加班，卻一句話也不替我說，原來社會殘酷如此地真實，我在出社會的第十四年總算體會到了。

我被公司拋棄了。

不管我有多努力為這間公司帶來多少利潤，就因為一個案子沒有了，我就該滾，的確，這世界上能取代我的人多的是，不能被取代的，永遠是那些有關係的人。

我連私人物品都不想收，直接轉身離開，但實在太不爽，我拿起櫃檯的電話機，狠狠砸向公司的展示LOGO，所有人都被我嚇了一跳，瘋子經理連忙往後躲，我對著他說：「砸壞的就從那兩個月薪水扣吧。」

我回到車上，唯一的念頭只有，為什麼要活下去？

我活下去的理由，到底是什麼？

我真的找不到。

認清這個事實後，我坐在車上大哭一場，我都忘了自己上一次這樣狠狠痛哭是什麼時候，我停不下來，邊開車邊哭，連回到家躺在床上還是一直哭，難怪凌菲看不下去。

我怎麼可以這麼不爭氣？

連身體都不爭氣，我居然發燒了。

我知道自己生病了，可我連離開床的力氣都沒有，我只能勉強從抽屜裡拿出一些止痛藥吃著，到最後我也乾脆不吃藥了，好像就這樣死掉也可以。

我人生還有什麼好遺憾的？大概就是想跟凌菲好好道歉跟道謝而已，至於其他的，還有值得我眷戀的嗎？

我的人生跑馬燈緩緩跑了一輪，發現什麼都沒有。

我勉強撐起自己，拿起紙筆，決定留下遺書，如果有媒體記者來拍，至少我的心意不會被凌菲未讀，她會看到新聞吧？

我不要告別式、不要葬禮，我要把我的存款和保險金全都捐出去……

然後我聽到電鈴的聲音，我驚喜了一下，會是凌菲嗎？

我用盡所有力氣想站起來的時候，卻聽到保全老許的聲音，「鄭小姐？妳在裡面嗎？妳們家有好幾個包裹沒去管理室領……鄭小姐！」

我的心又沉到了黑洞裡，跌跌撞撞地去開了門，看到老許推著一車包裹，後頭還站著藍一明，我錯愕地看著他，但連話都說不出來。

藍一明直接把那台車上的包裹全都放到我家之後，對著老許說：「許先生，謝謝你。」老許點點頭後先離開，藍一明二話不說進門，我用力推他出去，「你不能進來，男生都不能進來……」

心靈探索也是一種邪教。

他根本沒理我，咬牙切齒地說：「那時候緊急聯絡人填了我的資料，護理師打來說妳沒有回診，也沒有去換藥，妳是不是搞不清楚事情的嚴重性？」他邊說邊迅速打量環境，見我房門開著，直覺是我的房間就衝進去。

我拖著身子跟上，「你到底要幹嘛？我就說了沒關係……」

他先拿了外套披在我身上，用手擦去我額頭上的冷汗，接著拿我的包包，我知道他要押我去醫院，慌亂之中，他看到我寫了一半的遺書，一臉無法置信地看著我，氣得把遺書丟進垃圾桶，「我要是鄰居一定會恨死妳，女子冤死在套房裡，妳想這裡房價會掉多少？」

我冷笑出聲，他真幽默。

但我還是沒打算去醫院，我推著藍一明離開，用盡我的力氣，「不用你管，你可以走開嗎？你為什麼那麼愛多管閒事？」但我根本推不開他，他忍不住拆下包紮我傷口的繃帶大吼，「為什麼這麼不愛惜妳自己，傷口都化膿了！」

「那又怎樣？」

他二話不說拿了我的包包，拖著我就要走，我奮力抵抗，可是我不只沒力氣，還沒有求生欲望，根本就只能任由他拉著我走，然後把我塞進他的車子裡，在他要幫我繫上安全帶的時候，我像瘋了一樣，狠狠咬了他的手臂。

他吃痛地悶哼一聲，但還是把我的安全帶給繫上。

一路上我們都沒有說話，因為我很後悔也很抱歉，我的生活不順，不應該怪罪到別人身上，這一切全是我自己的錯，是我把日子過成這樣，從一開始我就不應該出生，我有沒有存在，對這個世界一點差別也沒有。

他帶著我掛號、看醫生換藥，護理師一量我的體溫便不禁尖叫，「鄭小姐，妳發燒到三十八・九度了，再加上傷口化膿，血壓又偏低，妳要不要考慮住院？」

我搖頭，被迫打了點滴。

我看著藍一明，「你走吧，我自己可以。」他沒理我，拿起我的手機撥打他的號碼，然後說：「我去買點吃的，妳有特別想吃什麼可以打給我。」我連回他一句都沒有。

以陌生人來說，他算是對我很好了。

但為什麼要對一個陌生人好？我對家人這麼好，最後受到的對待卻是這樣；我讓每一任男友對我予取予求，但現在身旁沒有半個人；他對我好又怎樣，我也不一定會感謝他。

我就這麼一直想著，他幹嘛要理我這種人？

然後他就買了魚湯回來，不管我要不要，就將病床調高，說了一句，「要自己吃還是我餵？」他的口氣聽來不打算給我其他選擇，我只得勉強有一口沒一口地喝著，他很不爽地跟我說，「要死等妳傷口好了再死，不然我學生多倒楣，要因為妳的傷口結果被判過失致死，心裡還要留下一輩子的陰影。」

原來他是怕這個，「我遺書上可以寫清楚，他不會有事的。」我保證。

他瞪我一眼，「妳以為死很容易嗎？妳連活著的勇氣都沒有了，還想要死？」

我的心頓時像被什麼撞了一下。

他一句話馬上打臉了我，我一句話也不說，默默地喝完那碗湯，接著護理師來拔掉滴完的點滴針頭，說：「可以批價領藥了，但傷口目前感染，一定要每天換藥，保持乾爽。」

「她會的。」他幫我回答。

我已經不想再抗議什麼，打完針後的我已經好了很多，也有力氣，我自己去批價領藥，自己攔了計程車後，連一句再見都沒有對他說，直接回家，一路上我都在想，他說的沒錯，像我這樣的人，只會唉唉叫，根本不敢去死……

既然死不了，那就只能把日子過下去。

我就這樣呆坐在客廳，直到晚上，我終於起身，開始整理起屋子，這才發現我寫的那張遺書不見了，可能是跟藍一明爭執的時候不知道掉哪兒去了，然後，我發現凌菲好像回來過，她房間掛著的衣服少了幾件，還有她每天都會用到的那塊瑜伽墊也不見了。

她大概是看到那封遺書，更生我氣了吧。

我無話可說，自作孽，連安慰自己都不用。

整理好一切，把冰箱過期的食物拿去丟，順便回收垃圾的時候，遇到保全老許，他看我有精神多了，從口袋裡拿出一顆糖果給我，「吃點甜的，心情會好一點。」我勉強笑笑收了下來。

人家的好意，我都不好意思拒絕。

老許好奇問我，「妳和簡小姐不是住在一起嗎？怎麼最近都沒看到她？而且那個男人是妳男朋友嗎？還是家人？他很緊張妳，一直叫我打電話上去，我看妳們包裹也都沒有來拿，就順便帶他上去看一下。他好像很擔心妳……」

我對老許說了聲謝謝，也沒多解釋什麼。

接著，我回到房間，收到了簡訊，是藍一明傳來的，訊息內容是，「記得吃消炎藥，在妳包裡。」我愣了一下，最後照做，不是我聽他的話，而是這一場混仗之後，我明白了，活很難，死也不容易，在老天還沒有要我真正死去之前，我也只能先好好活下去。

所以，我得趕緊找份工作。

我車子貸款還沒有繳完，我得繼續為自己負責。

於是，我重新登入人力網站，幾乎忘了密碼是什麼，十幾年都沒有更動過的履歷資料、自我介紹，全都好好地整理了一次，接著找起我想要的工作，但這個選項對我來說太難。

想要不等於要得起。

在接近中年的時候轉職，其實並沒有那麼容易，我傳訊息給之前幾個聯絡過我的headhunter，大多被已讀不回，唯一一個回我的便是告訴我，我砸了舊公司招牌，現在可能沒幾間公司會想用我，他們無法接受情緒管理不當的員工。

也就是，這圈子我混不下去了。

還是去便利商店打工算了？

我突然想喝酒，去冰箱拿了瓶啤酒喝著，喝沒兩口就覺得眼神迷離，恍惚中，把所有我覺得有機會的公司，都按下了送出履歷，然後我就爬到床上睡死了。

隔天醒來，我聽到客廳傳來聲音，我以為又是藍一明，沒想到打開門一看，見到的人是凌菲，她正拖著行李箱要往外走，我上前攔住她，試著想跟她好好談，「我知道妳不高興我，但妳不用搬出去……」

她從口袋裡拿出我寫的那份遺書，淡淡地說：「我知道妳很軟弱，妳一直以來都是這樣，不管我怎麼勸妳，妳就是不聽，我累了。」

我試著解釋，「我知道妳為我好，可是我已經努力了。」

凌菲一聽，激動地反駁我，「妳沒有！那個晚上妳完全沒有消息，手機沒接，我在客廳等了妳一整晚，白天還四處去找，甚至打給妳媽、妳大伯母，都沒有人知道妳在哪裡，妳知道我在想什麼嗎？我在想，我為什麼要花時間坐在這裡等妳、擔心妳？鄭海洋，妳三十八歲，我也三十八歲，妳以為自己日子過得很差，但我又過得多好？是！妳很可憐，但妳怎麼可以讓自己這麼可憐？然後我到底為什麼要替妳感到可憐？我們一起住了快二十年，妳一直都沒變，有時候想想，妳真的很自私，妳連為自己改變一點都不肯，我還要花心思安慰妳，我真的覺得我受夠了！」

我靜靜地聽著凌菲發洩，完全可以理解，跟一個要死不活、連笑都有困難的人過二十年，的確不像是人過的日子，我完全同意凌菲的想法，我真心真意地對她說：「辛苦妳了。」

但我這句話卻像炸彈一樣，引爆一切。

凌菲氣得大罵，「對！我真的超辛苦，那妳呢？妳不辛苦嗎？爛好人當得不累嗎？鄭海洋，妳到底什麼時候才要清醒？妳能不能有一次心疼妳自己就好？妳能不能對妳自己說辛苦了就好？這輩子已經過了一半，妳還要讓自己不快樂多久？妳一直說自己很努力，但妳努力在哪裡？我帶妳去上心靈探索的課妳不要，叫妳一起去運動也要三催四請，這明明都是對妳好的事，但妳就是不做，永遠癱在那張床上！算了，從今以後也跟我沒有關係，隨便妳！」

我知道我瘋了，因為我也忍不住反駁凌菲，「那妳每天心靈探索，有找到妳要的老公嗎？有過著妳想要的生活嗎？我為什麼一定要讓自己變好？一定要變好才是過日子嗎？我把每一天過安穩過完，沒對不起任何人就不是過日子了嗎？妳說要了解自己要愛自己，那妳有嗎？妳只是沉迷在那些正能量字眼裡，說穿了，那也只是另一種邪教，不要再欺騙自己了，妳說的那些並不會真的讓妳更好，那都是妳自己的想像！」

以前的我，根本不會和凌菲吵架。

可現在，死過一次的我，沒有什麼害怕失去的了。

凌菲氣得把行李一丟，「原來妳是這樣看我的？」

「就像妳也是那樣看我一樣。」

凌菲沒再多說一句，轉身離開，門砰地好大一聲，我聽到隔壁鄰居夫妻開門在討論，「怎麼回事啊？吵死了！」「隔壁那對小姐搬走了嗎？最近怎麼那麼吵？」鄰居大概也很傻眼，大家都住在這裡好一陣子，這兩星期突然這麼不平靜。

平靜，大多都是假裝出來的。

你看海很平靜，但底下的暗潮洶湧誰知道？

我和凌菲的和平就像海平面那樣，看似毫無波瀾，但其實私下都有著對彼此的不滿，只是比起傷害對方，我們更想努力擁抱對方而已，但是傷害和忍耐都是慢慢累積起來的，終究還是像充得過飽的氣球一樣，早晚會爆炸的。

現在就是爆掉的一刻。

凌菲罵我的那些，我沒有第二句話，全是事實，她是對的，如果這輩子真有人需要我感謝，第一個是凌菲，第二個就是我的奶奶，就這樣。

我回過神，把那封可笑的遺書撕了。

因為它，我整個生活變成一場鬧劇，不！是因為我自己，那是我寫的，一切都是我自己造成的。

或許是吵完了架，我突然覺得肚子餓。

我煮了一碗泡麵，還加了一顆蛋，把終於轉好備份的舊手機打開，邊滑著通訊軟體，發現我已經被踢出所有公司群組，但助理卻私訊了我，「鄭姊，我有看到是經理開妳電腦，刪掉妳的寄件備份跟預算表，可是我需要這份工作，對不起。」

一點也不意外。我只回了她「好好做」三個字。

然後將她解除好友，我和她之間的關係也就僅止於此吧，不可能還有什麼後續發展吧？被踢出公司群組後，我根本沒有什麼訊息，我的朋友果然只有凌菲一個，現在連她也沒有了。

突然，我的手機響了。

我看到陌生電話，有些害怕，也有些忐忑，該不該接？會不會接了又是哪個弟弟妹妹打來發瘋？電話鈴聲停了，我有些懊悔，萬一是打來叫我去面試的呢？我正這麼想的時候，電話又響了。

我沒有退路，直接接了起來。

電話那頭是道冷靜沉著的女聲，「請問是鄭海洋小姐嗎？」

「我是。」

「我是美蘭樂活寓所執行長江雪曼。」我聽著她的聲音，想著，這是什麼飯店？還是我請房仲幫我找的房子建案？

她接著又說：「我有收到妳的履歷，麻煩妳明天早上十點過來面試。」我都還沒回神，電話就掛斷了，我整個人呆愣在原地，麵條從湯匙滑了下去，一整條燙傷了我的大腿。

我跳了起來，頭又撞到餐燈，差點沒痛到哭出來。

我連忙回房間用電腦看應徵通知，才驚覺喝了兩口就發酒瘋的我，居然神經病似地發送了快兩百封應徵履歷，以至於我翻了好久才看到美蘭樂活寓所，我本來以為是什麼飯店旅館，但後來發現是養老村，只是以飯店的方式經營。

我好奇地打開官網一看，這簡直超越五星級飯店，除了常見的健身房、游泳池、SPA，還有圖書館、各種運動及藝術課程，還會請人來演講，甚至有各科醫師進駐，吃藥還有護理師叮嚀跟陪伴，我光看寓所的設施都想住一晚了，更別說裡頭包含的各種服務。

我羨慕住在裡頭老去的老人，他們才是真正投對了胎。

我居然每個缺人項目都應徵了一次，那個執行長不覺得我是瘋子嗎？居然還願意讓我面試？但房務員、櫃檯、廚房助理，她要讓我應徵哪一個職缺？

我開始猶豫是不是該打電話拒絕時，卻看到員工福利欄位寫著「提供住宿」四個字，我馬上下定決心，今天就算在裡頭洗碗，我都要這份工作！

接下來又接到幾通面試電話，但我都直接拒絕。

不管怎樣都要想辦法應徵進美蘭樂活寓所，多好的地方啊！那裡的人都跟我一樣孤獨，似乎可以預見將來自己老去的模樣，我莫名感到心安，就是這裡了，就算真的沒有面試成功，我也要問一下，入住價格怎麼計算，或許我人生最後的目標，就是存夠錢住進美蘭。

生活又有了滾動的痕跡。

我吃完麵，挑了一下明天面試要穿的衣服，洗完澡後，一出來就看到我媽傳來的訊息，上頭是她的銀行帳號，提醒我每個月五號記得轉錢進去。我已讀不回，直接上床睡覺。

但天沒亮我就醒了，十幾年後的第一次面試，比初夜更讓我緊張。我開著車，往郊區開去，還在擔心導航是不是導錯位置，怎麼會愈來愈偏僻的時候，我看到了一朵蘭花的LOGO，下面是簡單典雅的鐵鑄字樣——美蘭樂活。

網站上宏偉的建築，就這樣出現在我眼前。警衛攔住了我，拿證件換了出入證明、停好車後，另一名警衛開著高爾夫球車要我上車，我就這樣被接到主建築後方的五層樓別墅，一下車就有一名非常漂亮的女孩，穿著全黑套裝，面帶微笑上前詢問我，「請問是鄭海洋小姐嗎？」

我點點頭，她對我說：「請跟我來。」

媽啊，不就是個面試，搞得我覺得自己好像要走紅地毯，至於嗎？整個隆重到不行，我甚至覺得自己今天穿得有點寒酸，還是這個時代，面試的排頭跟場面都要搞這麼大？

我被帶進一間全是玻璃的會議室，外頭一邊是池塘，一邊種滿了花，站在會議室裡，不管從哪個角度望去，都像仙境。

「請妳稍坐一下，執行長馬上就過來了。我是Elva，有什麼需要都可以叫我，桌上分機按九就可以。」

「好的，謝謝妳。」我說完，Elva帶著微笑離開。

我坐下，椅子可以三百六十度旋轉，我就這樣緩緩轉著，看著玻璃室外的景致，還是無法相信自己看到的一切。我還飄飄然沉浸在裡頭時，聽到有人拉開椅子的聲音，我急忙站起，就見一名像蘭花的女人坐到我的面前。

她真的就像蘭花一樣，一進門能聞到她身上淡淡的清香，沒化什麼妝，皮膚卻好得發亮，氣質又高雅脫俗，她淡淡地說：「請坐。」

我連忙要坐下，差點沒像鄉巴佬一樣把椅子給坐歪。

「我看到妳應徵了很多項目。」

我尷尬不已，很誠實地說，「其實那天我喝醉了，不小心亂按到其他的，但我最想要的工作是行銷企畫。」

「說一個讓我用妳的理由。」她突然這樣問。

我頓時被問倒了，腦袋一片空白，就直接說：「因為我只答應跟妳面試，其他來電全拒絕了。」

換她愣了一下，馬上接著說：「妳被錄取了，什麼時候可以上班？」

我傻眼，但還是強裝鎮定，「隨時，但我需要住宿舍。」

她點點頭，「沒問題，但妳不問待遇？」

「我最想要的待遇就是能住在這裡。」這樣什麼都能解決了。

她了然地微微一笑，接著遞給我一張她的名片，「以後叫我雪曼姊就行了，相關工作細節跟合約，待會Elva會來跟妳解說，希望我們可以合作愉快。」

她對我伸出了手，我也對她伸出手，握了上去。

頓時覺得，我的世界，好像要開始不一樣了。我看著雪曼姊離開，看著玻璃窗外的一切，我居然懂得「期待」兩個字了……

苦難是沒有盡頭的，
就好比盡頭那邊的幸福，
是你怎樣也碰不到的。

## 沒錯，就是全世界都在找我的麻煩。

Elva確認我有兩小時以上的空檔後，便帶著我逛起整棟寓所，並且向我說明，樓層愈高，年費也會愈高，幾十萬到幾百萬都不一定。我走路差點沒直接跌死，一年要幾百萬？是不是太驚人了？

最可怕的是Elva的口氣，好像在講幾百塊一樣。

她帶我參觀各種房型及設備，還帶我去看了醫務室，簡直就可以稱為小醫院了。Elva介紹時提到，寓所裡有些安寧房型，住戶幾乎都是植物人狀態或瀕死之人，這類房型的保全戒備也十分森嚴，是不能有任何訪客進到裡面的。我更好奇了，「那住戶的家人想看他們的話，怎麼辦？」

Elva神色如常地告訴我，「住在這裡的人都沒有家人，所以後事統一由我們操辦。」她說完帶我到後面那一大片樹林，「每一顆樹都代表我們曾經的住戶。」

這時我應該要感到陰風陣陣的，但我沒有，反而覺得溫馨無比。

「會怕嗎？」她問我。

我搖頭，「活著比較可怕。」一不小心負能量就這樣脫口而出。

沒想到Elva卻笑著表示認同，「同意。」

接著再帶我去辦公室，「這間就是妳的個人辦公室，妳最主要的工作就是替住戶們安排所有學習課程，不論是運動、美術還是心靈，每天早午晚都得排課，假日也不例外，妳的獎金是以住戶參加數的比例來計算，也就是妳辦的課程，愈多住戶上課，妳的薪水就會愈高。」

我翻閱她交給我的一疊課程表，點點頭。

她淡淡一笑，「基本上，參加人數不到十人，那門課程下個月就可以取消了。另外，像愛咪老師的編織課、小金老師的繪畫課，一直都非常熱門，這是不能沒有的，公司會編列一筆學習預算，所有老師的費用都要在預算裡解決。」

我突然覺得這不是個簡單的工作，忍不住問，「上個企畫怎麼離職了？」

「因為住戶每個月都會針對課程評分，滿分是五。」

「她沒有達到五分就被辭了？」

Elva笑笑，「沒有那麼嚴格啦，四．五分是標準，低於四分就不行了。」我聽得膽顫心驚，吞吞口水，覺得自己可能最多就做一個月吧，沒想到在這裡工作的條件如此嚴格。

我惴惴不安地跟著Elva來到後棟的宿舍，單人房間的大小差不多就跟我和凌菲合租的住處一樣大。接著她拿出工作合約，逐一講解關於公司的規定和福利，一進公司就能有十天特休，隨時可以排假，工作是責任制，所以上下班不用打卡，前棟設施可以隨意使用，但不能造成住戶困擾，一有投訴就會扣考績點，公司也負責三餐，另外還有很多津貼，最後說出來的薪水讓我嚇了一跳。

是我在前公司工作十幾年的三倍。

好的，那這樣的壓力值是可以接受的，我在工作合約上簽了名字，Elva微笑鼓勵，「希望妳能撐下去。」

我點頭回應，「我應該算滿能撐的，但運氣偏不好。」

希望老天爺能站在我這邊一次，讓我順利適應這個工作，找老師對我來說並不困難，之前在廣告界打混這麼久，也是見過不少名人作家教授，只是我對這裡住戶的喜好還拿捏不準，需要做點功課。

Elva仍是溫柔一笑，「運氣本來就是給運氣好的人用的。」她年紀看起來比我小，卻比我穩重很多。

有些人散發出來的氣質，是看過人生百態、經歷大風大浪過後的恬靜，她和雪曼姊都讓我有這種感覺，只是雪曼姊多了點霸氣，Elva多了點溫暖，但都是可以讓人安心的一種存在。

她很快地給了我臨時工作證，包括宿舍的磁扣，還有辦公室鑰匙，「公司會給一星期的適應期，妳可以趁這星期準備，包括搬進宿舍，辦公室資料也隨時可以翻閱，但前棟的設施要等正式工作證下來，才能使用。」

我接過所有東西，真心道謝，「謝謝妳。」

她回以一個美好的微笑，再給我一張她的名片，「那我去忙了，有事可以打我手機。」她轉身離開。我看著她的名片，沒有中文名字，一樣是Elva，職稱是執行長特助。

正當我把她的電話輸入手機裡時，訊息跳了出來，我沒注意看，順手滑掉就又繼續編輯聯絡人資料，然後到辦公室看了連續兩年的每月課程，先把大家喜歡的課程類別找出來，心裡有了幾個可以聯絡的老師人選，才覺得踏實了一點。

當我從美蘭樂活回到家時，已經晚上九點多了。

我試著打給凌菲。想起那天的互相傷害，我當然可以合理化自己的行為，我就是被她激到了，所以口不擇言；她就是看我懦弱不爽，所以才會出口教訓。這都能理解，但又怎樣？傷害就是造成了，我傷她，她傷我。

二十年的好友在彼此的心口狠狠割了一刀，都還在流血，可是日子還是要過下去，凌菲選擇不接我電話，我改傳訊息告訴她，「我已經找到新工作，有提供宿舍，這星期就會搬走。這間房子，妳比我用心照顧，妳回來住，妳才是它的主人。那天說了那些傷害妳的話，我很抱歉。」

我前面傳給她的訊息，她依然沒讀，我連手機簡訊也傳了，不知道她是不是也選擇不看，但我只能做到我目前能做的。

我洗了澡，上網訂了幾個大箱子，整理了一些東西，打開那個掛滿前男友名字的櫃子，我突然想，自己為什麼要執著記得他們的名字？他們或許早就都忘了我，畢竟我們都在一起不久，比起他們人生裡的過客，我更像是擦肩的路人，我到底為什麼要這麼堅持？

何必非要記住這些不愛我的人？

我現在才突然明白這一點，難道是被棒球打到頭，所以莫名開竅了嗎？

面對那道我十幾年都過不去的坎，此刻我好像被裝了彈簧一樣，就這麼彈到了對岸，我把那些木牌全都拿下來，直接扔進垃圾筒。

不管我值不值得被愛，這些人都已經證明了，他們不愛我，我該做的是把他們從我的人生裡刪除，就算我這輩子到最後還是沒有人愛，我的未來也跟他們都沒有關係了！

我好像緩緩地從某個惡夢裡清醒過來。

即便我仍然覺得人生有如地獄，但至少，我好像懂了點什麼。

有時候拚命想找的答案，在某個時刻自動來到了我的眼前，我能做的事，就是把握，把握這個清醒的狀態。我開始收拾房間裡的一切，該回收、該丟的，我完全沒有手軟。

像是要把那個討人厭的自己丟掉一樣。

最後，我想留下的東西，其實就只有一點點。

好好笑……老是跟凌菲抱怨房間太小？其實根本是我不需要的東西太多，而我，從來都沒有正視這件事。

一直到天亮，我整理到沒有力氣，直接躺床睡翻。

再次清醒是門鈴聲將我喚醒，我根本都還沒打起精神，一開門就看到藍一明，他咬牙切齒地說：「妳手機要不要乾脆拿去丟？」我愣愣地看著他，他忍不住了，朝我吼，「是不是說今天要回診順便拆線？妳幹嘛不接電話？我傳訊息妳沒看到嗎？」

「抱歉，我沒注意……」

「妳都是這樣糟蹋別人好意的嗎？」

他這麼說，我覺得委屈，「我有說我可以自己處理，我也沒怪你和你學生，你為什麼硬要來操心這件事？我沒有叫你陪我去啊！」

「那妳至少回個訊息，不是這樣沒消沒息，上次我來的時候，妳還寫了遺書，換作是妳，妳會不會覺得我可能死在這裡了？」他冷冷地回我。

我瞬間不知道怎麼回應，他深吸口氣後打開手機，按下錄音APP，說：「我藍一明的學生在三月二十九號晚上不小心用棒球丟傷鄭海洋小姐，幾次協助就醫都被鄭海洋小姐拒絕，她本人在此表示，絕不怪我的學生，也不需要陪同去醫院，請鄭海洋小姐允諾，從現在起，若傷口引發任何問題，會自行負責。」

我一時反應不過來，第一次遇到這樣的狀況，我完全不知所措，只能點點頭。他再次提醒我，「說話啊。」

我深吸口氣，像個見過世面的人，「我鄭海洋不需要任何人負責。」

我說完，他便馬上關掉錄音，然後對我說：「祝妳早日康復。」接著頭也不回地走了。看著他的背影，我突然覺得自己好像壞人，辜負了他的好意。我真的沒關係啊，我也沒有怪誰，但為什麼我要感覺歉疚？

這讓我覺得心情很差。

我回到房間，發現我的手機早就沒電了，連忙充電，再次開機才發現，藍一明的未接來電跟訊息一直跳出來，讓我真的想把手機給丟了。

此時，大伯母打來，我很不想接，但我從高一演的這場假裝親情戲，無論如何都要演到人生結束，於是我按下接聽鍵，聽著大伯母高亢的聲音從電話另一頭傳來，「最近怎麼都沒有看訊息？很忙嗎？」

「有一點，怎麼了嗎？」

「上次我跟妳說那個放棄妳爸財產的事，要認真想耶，絕對不要答應！」大伯母又提醒這件事，實在令人煩躁，但我還是語帶笑意地說：「再說吧，我也沒有再接到她的電話。」我爸的老婆並沒有積極在進攻，反而是大伯母一直要我防守。

「反正妳不要便宜那個女人啦！」

我在心裡重重一嘆，「伯母，以後給我爸辦後事的，肯定不是我，我真的要那些財產也沒意思，更何況他搞不好自己也有打算，妳不要想那麼多。」

「妳爸有立遺囑的話再說啊，沒立，妳就是有份！」她再次叮嚀，但我已經不想再繼續這個話題，「還有什麼事嗎？我在整理東西……」我已經不想講了，卻不料話鋒一轉，大伯母很開心地另起新話題，「佳蓉有去相親，覺得對象不錯，要帶來跟我和妳大伯見面啦，約好後天要去餐廳吃飯，我們有訂妳的位置喔，地址我再傳給妳，要看喔！知道嗎？」

我還來不及拒絕，大伯母就直接掛了，我傻眼，第一次被他們約去餐廳吃飯，居然是要去看堂姊的相親對象？到底和我有什麼關係？

我還處在震驚當中，大伯母就傳了地址來，我正想回覆時，有陌生電話打來，我本來想掛掉，卻不小心接起，人就是不能慌，一慌連手都會抖，我只好勉強「喂」了一聲，結果竟然是警局打來的。

他說我弟酒駕被抓回警局。

「我獨生女。」我直接回應警察。

可以想像對方的表情有多錯愕，下一秒，電話換成我媽的聲音，「海洋妳快來，妳弟撞壞公共電箱，是不是要賠錢？我不知道要怎麼解決啦！」

什麼叫不知道怎麼解決？生了小孩、教育出來的成品出事了，現在不會解決？我冷冷地說：「看警方要你們怎麼配合，妳就怎麼解決啊！」

我媽哭了，用求的，「妳來好不好？我真的快瘋了！妳弟他還在吐……我現在真的不知道怎麼辦……」

我應該把電話就這樣放在旁邊，讓我媽哭到自己掛電話，可警察的聲音再次傳來，「不好意思，鄭小姐，還是麻煩妳來一下，不然我們也很難做事。」警察都這樣說了，我還能說什麼？

我想到警局現在可能因為我媽的大吵大鬧，影響到他們工作，我怎麼能夠丟著不管，當作什麼事都沒有，然後繼續整理東西，甚至去吃我的第一餐？

我做不到，所以我開著車來到了警局。

看到我媽的兒子被銬在鐵欄杆上，整個人半癱在椅子上，我媽正在清理他身上沾到的嘔吐物。我看著他，只覺得他像隻野獸，而培育出這種社會怪物的人，就是我媽。

她一看到我來，就哭著說警察對她兒子有多凶，我連聽都不想聽，直接去詢問相關狀況，警察說等到明天地檢署開庭，刑法第一八五條之三，公共危險罪的酒後駕駛……巴拉巴拉的，其實我也沒辦法聽仔細，就是照做。

警察說什麼就是照做，我媽那兒子的狀況就是酒駕衝撞公共財產，造成損失，再加上不配合還對警察動粗，警察需要拘留他，明天早上開完庭後，看我媽兒子的造化，再這麼不受教，可能不只有單單罰錢而已。

於是我那個異父弟弟就被推進滿滿都是酒駕被抓的男士拘留室，我媽還在那邊十八相送，我只覺得可笑，向警察致上十二萬分敬意後，我先帶著失控的母親回家，她還在擔心兒子年紀小，在裡頭會不會被欺負。

我假裝沒聽見，送她回家，她哭著要我明天記得去警局看弟弟的狀況，又說到她的另外一個女兒離家出走，連電話都換了，完全找不到人，不然今天也不會找我，說了一大串廢話，比史記還長的一篇廢話。

我直接停好車，對我媽說：「明天妳自己去處理，以後妳的兩個小孩跟我沒有關係，就像我從來不曾給妳添過麻煩一樣，各自安好，沒有很難。如果妳現在還沒意識到妳把兒子寵成怪物，那接下來妳就要有心理準備，得繼續過這種生活，我幫不了妳，就算我身上流著妳的血，我一樣幫不了妳。別再找我了，小學六年級開始，我就沒有媽媽了。」

說完，我直接下車，到另一側幫我媽打開車門。我媽聽著我說的每一句，氣到紅了眼眶，一直罵我絕情，說我跟我爸一模一樣，沒有看過姊姊這樣對自己弟弟，更沒看過女兒這樣對自己媽媽的……

我連多說一句都累，我媽下車後，我直接上車駛離。

看向後照鏡，我媽氣到在原地跳腳，我無語，這些人，會有檢討自己的一天嗎？會有發現自己做錯事的時候？還可以及時停損，回到正常的軌道嗎？別人可能可以，但我想，我媽不行。

恭喜我那個離家出走的小妹妹，脫離苦海。

當我回到家時，又是晚上十點了，我今天完全沒有為我自己做到半點事，我覺得生活最痛苦的地方，就是永遠都在為別人瞎忙，即便我做這些並不是為了別人的感謝，而是讓自己舒服，又或者是避免讓事件更複雜，但還是很不爽，落得一個為誰辛苦為誰忙……

本來藍一明來過之後，我打算去醫院一趟，但因為我大伯母和我媽這樣，我又沒辦法去了，只能先好好洗了個澡，把手機裡累積的訊息全都看過一次，然後我發現凌菲讀訊息了，雖然未回，但這樣就夠了。

大概是今天所有鳥事裡，最讓人開心的一件。

確定手機充飽電，設了鬧鐘，打算早早去醫院一趟，然後就可以開始搬些東西去宿舍，沒想到充飽電的下場是一早就接到警局的電話，昨天的戲碼又一次在警局上演，雖然警察的聲音不一樣，但我聽得出他們都同樣無奈，「可能要麻煩妳過來處理一下……」我媽的哭聲再次成了背景音。

她真的很會抓我的弱點。

於是，我整理了一下，到了地檢署，繳了我媽小兒子的酒駕罰單，但因為是酒駕，所以撞壞電箱的部分不屬於故意毀損，不至於坐牢，但不知道要賠多少，金額還沒有出來，但關我屁事？

我帶著他們母子從地檢署出來，轉頭看了眼我一點都不熟悉的同母異父弟弟何少文，竟一句話都說不出來，連罵他都覺得口乾，多說一句我都嫌累，我只丟了一句，「你們自己回去，我要去上班。」接著轉身走。

這次從後照鏡，我看到的不是我媽跳腳，是她擔憂地看著自己兒子的模樣。那一刻，我覺得好想吐，我這個工具人當得有夠徹底。

我不想把心思放在他們身上，於是我直接到了醫院。上次處理後的狀況不錯，傷口穩定癒合也拆了線，已經好久沒有洗頭的我，被允許在三天後可以碰水，我終於不用再忍受自己的油頭皮味。

我到了美蘭樂活，把車上的幾箱東西搬進宿舍，有了一種，終於只剩我一個人住的醒悟，即便現在凌菲還是沒有回來，那個家也只有我一個，但過去一起住的習慣都還在，隨時還是會覺得凌菲的身影就在旁邊。

但這裡是陌生的、是全新的，只會有我自己的記憶。

我把衣服和書擺放好，再去買了新的床單和被子，宿舍裡就有洗衣機和烘衣機，我很快就把新宿舍打點好了，甚至，我決定從今天開始就睡在這裡，於是我留了下來，拿出筆電，開始寫信問候幾位我心中的講課老師人選。

突然，我收到Elva轉寄的信件，然後接到了她的電話，「抱歉，海洋，雖然妳還沒正式上班，但這件事滿緊急的。小金老師說他這兩個月不能接課，可是寓所住戶都很喜歡他的課，分數都給得很高，建議妳找小金老師討論看看，因為失去手上王牌，妳這局很可能會輸。」

哇哇哇！

都還沒有開始上班就來了震撼彈。

我看了信件內容，小金老師表示他這兩個月有私事要辦，沒辦法安插課程，有跟之前的企畫珍妮提過，但她離職了，所以才要Elva轉達給執行長。我看完信件的第一件事就是拿出自己的統計，住戶最愛的老師、評鑑成績、連續兩年獲選住戶最愛課程，第一名通通都是小金老師。

請問這是什麼補習班的宣傳口號嗎？

我覺得頭痛。

我直接以新企畫的身分回 mail，希望能跟他當面討論，但他一直沒有消息，我跟 Elva 要了小金老師的電話，然後撥了出去，一接通，我整個人都不好了，頭皮大發麻，那聲音我這輩子都不會忘記。

「不是說不用負責，為什麼又要打電話來？」藍一明的聲音出現在我的耳旁，我整個人傻住，無法接受，「你是小金老師？」換他愣了一下，但他比我聰明，很快就想到了我的身分，「妳不會是美蘭樂活的新企畫吧？」

「嗯，我是。」我尷尬得都快咬掉自己的舌頭。

他不帶情緒地對我說，「我已經跟 Elva 提過了，兩個月後才能再接課。」

誰能想到他是小金老師？昨天我們兩個才大吵一架，現在我不知道該用什麼態度面對他就算了，再想到我昨天那句「我鄭海洋的事我自己負責」……

我的臉頰真的痛。

「完全沒有商量空間嗎？」我客氣地問。

他毫不客氣地拒絕，「沒有，我接下來兩個月都會在花蓮。」

「有其他替代方案嗎？」我繼續小心翼翼。

他語氣並沒有因為私事不高興，就是很客套地、公式化地回應，「抱歉，真的沒有，我還有事要忙，先這樣。」

於是我被掛了電話，我繼續想著，要找到人代替他，能有這樣效果的機率高嗎？如果另外幾個受歡迎的老師能多安排一點課，是不是有辦法平衡呢？就這樣各種排列組合，我試了又試，發現藍一明的確無法被取代，少了他，我真的很難達標……

白忙了一晚。

但該做的事還是要繼續，我繼續開車搬家，來來回回，把所有東西都搬到宿舍，畢竟想留下來的物件不多。接著把舊家不要的東西處理掉，這是我跟凌菲一起租的第三間房子，在這裡住了五年多，有好多我和凌菲的回憶。

她失戀不會哭的，畢竟都是她甩別人，她通常只會在寂寞的時候大哭。她有很多兄弟姊妹，每個都嫁得好也娶得好，家庭美滿幸福，全家就剩她沒嫁，她渴望婚姻，想要建立一個比任何人都還要幸福的家庭。

她擁有各種賢妻良母的技能，也設定好未來老公的條件，交往後就算再愛，只要不適合、沒有未來性，她就能理智地提分手。這也是我羨慕她的地方，要放棄一個妳喜歡的人並不容易……

所以我很努力地對另一半好，好到為對方欠債也甘願，我就是那種戀愛腦大白癡。幾任男友都欠我錢，最後還都是在凌菲的幫忙下才把錢順利要回，她每次都警告我，對別人好之前先對自己好，可是對方快樂我才會快樂，我只是想讓對方開心而已。

這樣不對嗎？這樣不是愛嗎？

她都會一臉我沒救了對我說：「抱歉，再說下去我可能會動手打妳，我們不談這個問題。」想想凌菲真的為了我做很多事，而我卻沒能給她什麼，還老是讓她擔心，最後還冒犯了她的信仰。

我真的很想念她，於是我傳了訊息，「我東西都搬到宿舍了，明天開始就會住宿舍，妳快回來吧，最近還好嗎……」打完這句，我已經不知道還能說什麼，友情破裂最大的原因就是我自己，關心她的這些話，連我自己都覺得做作跟煽情。

我深吸口氣，離開了我和凌菲合租的屋子，好像她也離開了我的生命一樣。

我帶著沉重的心情來到大伯母所傳的餐廳，準備繼續演戲。

大伯母見我走進來，就連忙朝我揮手，我過去她旁邊坐下，她拉著我說：「妳怎麼感覺又瘦了？自己住是不是都沒有在吃飯？不然佳容嫁出去之後，妳搬回來跟我和妳大伯作伴啦！」

大伯笑著說：「妳這是詛咒海洋嫁不出去嗎？」

大伯母沒好氣地打了大伯一下，「亂講什麼，我是這種人嗎？我巴不得海洋嫁得好，她從小就辛苦，以後應該要享福的！」接著緊握我的手，「別聽妳大伯亂講話，我沒有那個意思，女人啊，要是真的不結婚，身邊就是要有錢，所以妳爸的財產絕對不能放棄……」

我完全沒意外大伯母會講到這個話題，當她嘴巴一張開，我就知道她要說什麼了，這也是演了十幾年的默契。幸好堂姊帶著男友來了，我可以免於繼續被財產兩個字轟炸。

說真的，我根本不知道我爸有多少財產，我甚至連他現在幾歲都不清楚，就算我再窮，我也不稀罕他的錢，雖然骨氣不能當飯吃，偏偏我就是喜歡自討苦吃的人，人就是犯賤。

我聽到堂姊喊著爸媽，還熱烈地喊著我的名字，我這才抬頭看去。堂姊手裡牽的是我曾經的男人，而且是剛分手不到兩個月，還燒燙燙的前男友楊家祥。

他聽著堂姊介紹我，整個人也傻住了。

想起他跟我說的分手理由，他有傳宗接代的壓力，怕三十八歲的我會生不出來，我以為他會去找個二十八歲，沒想到居然是年紀比我還大一歲的堂姊，這什麼道理，我不懂。

但也不需要懂，反正我們分手了。

相較他一臉意外，我反而平靜多了，裝作第一次見面，點頭微笑，「你好。」他似乎還沒回過神，讓堂姊和大伯母都覺得莫名其妙，直到堂姊拉他坐下，他才逐漸恢復鎮定。

吃飯的時候，我聽著他們閒聊，也感受到楊家祥時不時瞟向我的目光，我大方回應他的眼神，就好像我們不曾相愛，不曾聊過所謂的兩人的將來，我突然覺得自己變堅強了。

不是沒有在路上遇過前男友，但回想起來，幾次經驗，我幾乎都是落荒而逃，不敢跟對方打招呼，更不想看到他們跟別的女人有說有笑，我害怕看到那些女孩都比我優秀，那會讓我更加痛苦。

但這次我心裡卻異常平靜，不是因為我看不起堂姊，相反地，她條件的確好，長相清秀漂亮，是學校老師，家庭背景又單純，一直以來，追堂姊的人還不少，她很容易跟人聊開，這也是我一直很羨慕的地方。

我覺得自己滿難聊的。

所以凌菲常說，追我的人，都是想要享受征服的快感、融化冰山美人的成就感，他們甚至沒有認識過真正的我。

但其實我也沒有真的認識過自己。

我再次回神，堂姊已經在講她和楊家祥的婚期，大伯跟大伯母都嚇了一跳，也沒有想過自己女兒進度會如此飛快，堂姊一臉幸福地說：「我和家祥都想要快點結婚，這樣才能快點生孩子。」

大伯母一聽，樂到不行，「對啦，也是，妳這年紀如果要小孩是該早點生了。」

「我有帶佳容回家過了，我爸我媽也都很喜歡她，如果叔叔阿姨不介意的話，是不是可以安排時間，雙方父母見個面。」楊家祥字字誠懇。

我和他交往半年，他沒有帶我回去過，甚至連朋友也沒見過。

從我們分手到現在，他和堂姊交往的時間最多也不過一個月。

原來這就叫作對的人？

我不想參與太多他們的婚事細節，藉著要去洗手間為由，暫時離開了位子，我在廁所喘了口氣後，想著要不乾脆傳訊息說我有事先走算了，免得還要陪笑臉，我這個前女友真的很被看沒有。

我走出洗手間，打算付諸行動的時候，有個人來到我的面前，對我說了一句，「可以聊一下嗎？」

我抬頭一看，是楊家祥。

他示意我到角落，就逕自往前走。都分手了，還這麼不尊重我。我勉強跟著他，都還沒站好，他就先開口說：「我們在一起過的事，不要跟佳容說。」

我看著他對我下指令，很想嗆他，你管我？

但我不想惹事生非，也不想意氣用事，我冷冷回他，「本來就沒有打算說了，你還跟出來交代，不是更此地無銀三百兩嗎？」

「我怕妳生氣就說了。」

「生氣什麼？」

我的反問讓他愣了一下，我又追問：「我該生氣什麼？你那個假的分手理由嗎？怕我年紀太大生不出來？結果找了年紀比我更大的堂姊？」

他尷尬地看著我，「我也不想說謊，但……我爸媽希望我的對象是家庭環境單純一點的……」

也是，我超不單純的，我的爸爸有自己的老婆跟小孩，我的媽媽也有自己的老公跟後代，我等於有兩個不屬於我的家庭，超不正常的。我沒告訴楊家祥太多過去，但我曾跟他說過現況，我就是跟凌菲住，我爸媽各自有家庭。

顯然他試探過父母，父母是不同意的，所以他才提了分手。

他見我面無表情，既難過又歉疚地對我說，「我是獨子，沒辦法，我只能聽我爸媽的，選擇放棄我們的感情，可是我心裡一直還是有妳……」

我的媽啊。

我差點就要吐了，「你現在說這些恰當嗎？如果真的要跟我堂姊結婚，就真心對待她，我不想跟你們有任何一點關係，你也不要再私下找我講話了，這讓我很不舒服。」說完要離開，楊家祥卻拉住了我。

「所以我要跟別人結婚，妳一點也不難過？」

他在講中文嗎？為什麼我一個字都聽不懂？

「分手是你提的，我難過還不夠，現在你要結婚了，我還得繼續為你傷心？你到底憑什麼？」到底這些男人怎麼能自以為是到這種程度？我不懂他還想要我怎樣？

他也說不出個所以然來，他就是自私。

我想甩開他的手，他卻不肯放，看著我的眼神就寫著「食之無味棄之可惜」，就算要跟別的女人結婚了，還是想要一手抓。我瞪著他，「你現在是想要吃姊妹丼？要我當你小三？前女友變情婦……」

我話還沒說完，就被呼了一巴掌。

我抬頭看向打我的人，是堂姊，她一臉受傷地看著我，經過的人也都停下來看戲，好像我是被抓姦在床的狐狸精，我的臉頰好燙好燙，那一巴掌火熱到讓我覺得耳朵嗡嗡作響。

「妳怎麼那麼不要臉？」

我？

我不能理解地反問，「請問我哪裡不要臉了？」

這時候大伯跟大伯母也從包廂出來，來到大廳，看到堂姊紅著眼眶，大伯母心疼地上前關心，「怎麼啦？」

「鄭海洋勾引我男朋友！她說要當家祥的情婦！」堂姊指證歷歷，好像我已經脫光了衣服和楊家祥上床。

大伯母一臉不敢置信地看向我，難過地說：「海洋啊，妳怎麼可以這樣？再怎麼羨慕堂姊比妳先結婚，也不能這麼沒良心啊！」

到底這一唱一和的是什麼意思？

我深吸口氣看向楊家祥，「你不解釋嗎？你不說我說囉！」

所有人目光全放到楊家祥身上，他嚇得支支吾吾，接著去拉堂姊求原諒，「佳容，妳聽我說，事情不是妳想的那樣，我和海洋是在一起過，但現在真的沒關係了，我們分得很乾淨……」

「不要騙我！你們明明就在這裡拉拉扯扯！」堂姊哭了出來，十分委屈。

我才剛要開口的時候，楊家祥就說：「是鄭海洋說有事要跟我講……」

我大傻眼，堂姊痛哭出聲，拉著大伯跟大伯母，「爸、媽你們看！鄭海洋怎麼可以這麼過分，我們家對她那麼好，她爸媽不要她，是你們養她長大，以前房間我還讓她一半，吃的喝的她都有份，她居然不知道感恩，現在還要跟我男友糾纏不清！」

此時此刻，我成了眾矢之的，所有在場的人，都覺得我有罪。

大伯母走過來，氣得也想給我一巴掌，但我下意識地揮開她的手，她重心不穩，退了兩步，大伯見我舉動，覺得我好像瘋了一樣，這麼不知道敬老尊賢，他正要破口大罵的時候，我先開口了。

「我對你們家最大的感恩就是，讓你們假裝對我很好，假裝我不知道我爸有匯生活費給你們，假裝不知道堂姊其實根本不喜歡我。你們從我爸那裡拿了多少錢，我就不問了，你們對我是真是假，自己心裡有數，我也不想再戳破，既然事情都變這樣了，那大家就不要再勉強當親戚，謝謝你們的收留，讓我曾經以為老天爺對我還不算太差，但事實上，我的運氣永遠都比別人差了一點。」

我說完要走，但不忘補上，「我沒有糾纏楊家祥，信不信隨便你們，但我勸妳不要嫁，什麼事都拿爸媽話出來擋的人，妳嫁了也不會幸福，這算是妳給我一半房間，我送妳的最後一份禮物。」

我轉身離開那一團混亂。

一走出餐廳門口，我把大伯、大伯母跟堂姊的電話全都封鎖了，接著退群組解好友，瞬間覺得心情輕快好多。

即便我的臉還燙著……

生活像是一個黑洞，
我無法成為任何人的樹洞，
想去宇宙的任何一個蟲洞。

## 人生不是堅持就是放棄。

我回到宿舍，看到自己還腫著的臉，我並沒有怪誰。

這巴掌是老天爺給的，祂讓我知道很多事是假裝不來的，總是會有被拆穿的一天，只是這天來得比較晚，在我三十八歲的這一年，我終於可以拆下我的面具。

我反而覺得好輕鬆。

我用冰敷袋敷著臉，突然很想呼吸一些新鮮空氣，於是走到宿舍外的庭園，開始在我未來生活的這座建築裡探索，我走到前棟中庭，看到有人在下圍棋，再走到噴水池，看到有人在靜坐。

所有人都做著自己的事，看起都很怡然自得。

有時候不小心對到眼，她們都會給我一抹溫暖的微笑，一開始我有些不習慣，但後來我也能回應，這樣淺淺的招呼，不用硬要熱絡尬聊的狀態，讓我覺得好舒服。

我經過交誼廳，看到兩位看起來七、八十的老婆婆在裡頭，一個短髮婆婆右手截肢了，左手要拿水喝時，不小心弄倒茶杯，我下意識地直接進去幫忙清理，她們不停向我致謝。

「沒什麼。」我笑笑回應。

她們好奇地看著我，「妳是新來的工作人員吧？」

「我之後會幫大家安排課程，我叫鄭海洋，可以叫我海洋就好了。」

長髮婆婆聽了就說，「怎麼有人叫海洋啊？不如叫太陽，還是星星更好聽！」

我聳聳肩，名字也不是我自己能決定的，但其實，我並不討厭這個名字，我只是沒能人如其名。

活得像海洋那樣透澈跟寬闊。

短髮婆婆吐槽她，「管人家呢，妳叫桃花也難聽啊！」

「桃花好歹也是一朵花，人家十八一朵，我快八十歲了一大朵。」桃花婆婆說完自己在那邊大笑，十分開朗。

短髮婆婆也笑著，接著對我介紹起自己的名字，「我叫 Avery。」

我點點頭，打著招呼，「嗨，Avery。」

桃花婆婆翻了個白眼瞪她，「崇洋媚外。」說完，兩人都笑了。

看得出來她們在這裡，過得很開心……

我望了一下桌上，她們甚至在擦指甲油？桃花婆婆繼續幫Avery擦著左手上的指甲油，還是最新流行款莫蘭迪色系。

桃花婆婆看了我一眼，「妳覺得綠的還藍的適合Avery？」

我直覺開口，「綠的，Avery皮膚白。」桃花婆婆一臉算妳厲害的表情，開始幫Avery擦起指甲油，然後說了一句很地獄的話，「雖然不知道左手什麼時候會截掉，但能漂亮的時候還是盡量漂亮。」

我艱難地吞吞口水，怕Avery會受傷，但她只是大方笑說：「妳那麼愛幫我擦指甲油，我還有腳，妳不用怕！」接著兩人大笑，我羨慕她們打從心底笑出來的聲音。

趁這個時候，我忍不住問她們，「請問妳們都會去上課嗎？」

桃花婆婆點頭，「人生不進則退，不上多無聊，每天都有課可以上，是我們這些老太婆最能打發時間的事了。」

「那到目前為止，妳們最喜歡上什麼課？」

Avery直接說：「以前年輕日文沒學好，所以現在要學回來，然後小金老師的繪畫課也愛上，不要看我只有左手，我的畫風可是被大大稱讚的。」哇哇哇，眼前就一個小金老師粉絲，我暗暗嘆了口氣。

接著桃花婆婆也說：「我最喜歡木雕啦，所以阿凱老師的木雕課我一定參加，再來就是小金老師的畫畫課，小金老師很好笑說，我本來是畫畫白癡，他慢慢教我的，我說我最大的心願就是發表個展，讓大家看看手抖的人也會畫畫。」

又是小金老師……

「如果換人幫大家上繪畫課……」我試探性地問道，但馬上就被兩人異口同聲回絕，「最好不要，小金老師來幫我們上兩、三年的課了，都有感情了，而且他是我的菜，如果我再年輕四十歲，我一定倒追他！」桃花婆婆的語氣，感受得到她還有些少女心。

Avery 提醒我，「有些課上習慣了，老師就不要換來換去，我們都是老太婆了，好不容易適應又要換，會覺得很麻煩，如果是新的課就算了……妳不要像之前的企畫在那邊亂改，改到自己工作都沒了。」

我強撐起微笑，對著兩人保證，「不會的，剛好妳們在，問問妳們意見。」

兩人這才安心笑了，但我的心裡正在狂風暴雨，藍一明拒絕的聲音一直在我腦海裡來回盤旋，我整個人呆在原地，無法動彈。

Avery突然問我，「妳去過荷蘭嗎？」

我回神搖頭，Avery又問，「有去歐美國家玩過嗎？」

我再次搖頭，「我沒出過國。」

兩人不敢置信地倒抽口冷氣，一臉好像我是外星人一樣，她們兩人臉上的表情就是寫著，天啊，都二〇二三年了，居然還有年輕人沒出過國？她們驚訝到我自己都覺得不曾踏出國門的我好像異類。

但她們沒有那麼傷人，Avery只是語帶鼓勵地對我說：「趁年輕要多玩，世界很美很大的。」

可是我居然完全不經思考，就這樣脫口而出，「我不喜歡玩。」還附上了真誠的笑容，頓時空氣一片安靜。

她們看了我一眼，也不知道該怎麼繼續跟我說。我說了，我就是難聊的人，三十八年了，始終如一，我的話永遠引不起別人的共鳴，我就是很容易不小心句點別人。此刻我真心覺得抱歉。

然後桃花婆婆突然說：「不管什麼事，慢慢去喜歡就好啦！」

我的心像是被什麼撞擊一下，某種溫暖電波電了我一下，我就這樣看著她們擦了指甲油又用去光水擦掉，因為桃花婆婆的手會抖，總是畫歪，她坦誠地說自己有甲狀腺方面的疾病，所以總是擦不好。

Avery也不催她，兩人就這樣用為對方著想的心，互相體諒著。

我突然想念起凌菲，不知道她過得如何。

此時，Avery好奇地問我，「妳臉頰怎麼腫腫的？去拔智齒嗎？」

我想了一下，點點頭，「對，長得很歪的智齒終於在十幾年後拔掉了。」

桃花婆婆沒好氣地看了我一眼，「這麼不舒服還在硬撐，妳是笨蛋嗎？現在醫生那麼多那麼厲害，早點去處理不就好了？」

我笑笑回答，「是啊，我真的是笨蛋……」

就這樣陪著她們，什麼話都沒說，也覺得放鬆。

突然桃花婆婆氣惱起自己，推開指甲油，「不擦了啦，都擦不好！」

我馬上自告奮勇，「我可以幫忙。」

桃花婆婆有點拉不下面子，但還是勉強點點頭，於是我很快幫Avery擦好指甲油，也幫桃花婆婆擦了另外一種顏色，兩人看著手上的指甲油，都很開心，但桃花婆婆就覺得自己面子掛不住，很勉強地說：「要不是我手抖，擦得肯定比妳好。」

Avery為了安慰她，也附和著，「我還是習慣妳擦得歪七扭八，比較有特色啦，跟別人不一樣才好看。」

我笑了笑，藉口還有事要忙，把交誼廳的空間留給她們交心。

而我則繼續閒晃，這裡每個人看起來都很獨立，但每個人也都很孤單，這讓大家看起來都很公平，我們都是一個人，在習慣一個人，也努力適應一個人。

我回到宿舍，臉上的腫消了不少，我再次深呼吸，打給藍一明，想約他出來談談，任何條件都好說，但藍一明再次打槍我，「可是我沒時間。」我不禁有點情緒，為何總覺得他在報復我？

「你是不是還為了之前的事不開心？」我問。

他笑出聲，「我沒那麼無聊。」

「那就見一面，你忍心丟下這裡的學生嗎？她們都很期待要上你的課，你突然兩個月不上，沒有想過她們的心情嗎？」我說。

「妳在情勒？」他一說完，我簡直要爆炸，我這輩子最討厭情勒的人，他居然把我說成我最討厭的人，我整個火都來了，「如果這樣是情勒，那我先跟你說聲抱歉，但你在這裡上了兩三年的課，你要真的兩個月後再回來，難道不用自己跟學生交代？我不覺得我在情勒，我只是在提醒你工作的本分！」

他突然在電話那頭大笑，「拆線了？有力氣了？講話很大聲。」

「我沒有要跟你吵架的意思。」

「妳有個壞習慣，老是喜歡澄清自己沒有那個意思，但妳的表現，其實都是那個意思。」

我就這樣又被他ＫＯ，一句話都沒辦法反駁，因為他講得好像也沒錯，我的行為老是和我想要表達的意思有出入，也就是這樣，凌菲才會被我氣走，也就是這樣，我的人生才會到現在還剪不斷理還亂。

「我看了一下課表，這個月你還有兩堂課，麻煩你自己跟學生交代一聲。」我試著冷靜以對。

「我當然會跟大家說，這妳不用擔心，我自己的事我自己負責。」

他最後這句話明顯是衝著我來，這樣還說沒有因為私事不爽？

「你也不是誠實的人，明明就還在生氣上次的事。」

「有樣學樣。」他說。

我覺得沒什麼好說的了，「那就這樣了。」說完，我直接掛電話，我也賭氣，從前公司離職一事之後，我就學會賭氣了，也不知道是好還是壞。

只是，我現在真的不知道該怎麼辦了。

光是Avery跟桃花婆婆都會上他的課了，那其他人呢？這裡住戶高達兩百位呢，每堂課的報名數量只有十五位，也就是這樣，他才會一直高居排課數最高的一位。好死不死，冤家路窄。

每個人都是來討債的，難道這輩子都沒有人欠我？

我只能盡最大的努力，繼續把其他的事做好。很快就正式上班了，我拿到了真正的工作證。在沒有藍一明的狀況下，我試著邀請別的繪畫老師，之前廣告公司有合作一位，長相帥氣說話溫柔的暖男爸爸畫家，雖然跟藍一明不同型，但我想他應該可以暫時取代藍一明，他也答應我會考慮看看，但他能騰出的時間不多，老婆剛生完第四胎。

於是，我只能重新安排。

就這樣，我跟每個老師來回討論，所有時間改了又改，正式上班才三天，我已經改到不知道第幾版，改到天荒地老。

上課時間，我會去察看大家上課的狀況。

我很意外還有仍吊著點滴的婆婆，即便臉色慘白，還是專心地坐在角落聽演講，也有坐著輪椅戴著氧氣瓶呼吸器來上書法課的婆婆，她們都很享受學習的時光，眼神是不會騙人的。

突然覺得我的工作好重要。

我更加努力，想把課程安排得更精彩，壓力卻更大了。

我打了電話給Elva，想請她先幫我看看排完的課表，她欣然同意，請我到她的辦公室。幸好這幾天已經搞熟所有位置，她和執行長的辦公室都在最前棟的最高樓層十二樓。住戶也全數住在前棟，這一棟雖然只有十二層樓，面積卻大到不行，直接分了ABCDE區，每一層的E區都會有醫務室和服務人員櫃檯，劃分出很多行政區。

我的辦公室在一樓E區，幾間教室的旁邊。

第一次坐電梯來到最高樓層，我從落地窗望出去，大樓一側是廣闊的青山綠樹，另一側則是市景。雖然舊公司也在市區精華地段的高樓層，但不知道為什麼，從這裡望出去的心境，卻是如此寧靜。

Elva帶我進她的辦公室，不大，卻簡單俐落。

我不想浪費她的工作時間，馬上拿課表出來跟她討論。她從五年前寓所成立就一直跟著執行長，我相信只要她覺得沒問題，那我的難關就會過一半，可是當她看到我安排的課表時，第一反應是皺了眉頭。

「可以感覺出妳想把課程安排得很豐富，但老人家們的慣性也很重要，突然轉變這麼大，對她們也是一種體力跟壓力的負擔，建議妳就原本課程，慢慢地調整……而且完全沒有小金老師的課？」

我點點頭，「他確定兩個月都不能上。」

Elva也很為難，「我跟執行長報告過這件事，但她希望妳還是能讓小金老師繼續上課，堂數少沒關係，但不能沒有他。」

我無法開口向Elva說出我和他之間的恩怨，只能點頭表示，「我再努力看看。」但其實我一點辦法也沒有。

Elva的電腦突然發出警報聲，她連忙一看，「二〇六的桃花奶奶昏倒了，我要先趕過去！」Elva說完便快速離開。我聽到桃花婆婆的名字，也趕緊跟了上去，Elva並沒有阻止我。

我們一起來到桃花婆婆的房間，不知道我現在聞的淡淡花香，是什麼香，但我決定它就是專屬桃花婆婆的桃花香。駐院的醫師已經在裡頭為她急救，我們站到房門外等待著，這等待的時間，好像一世紀那麼長。

最後醫生終於出來了，他告訴Elva，「桃花奶奶的藥是不是沒在吃？基本上甲狀腺功能不足的部分，之前一直都有控制住，要不是停藥，不太可能會突然昏迷。」一旁護理師嚇得急忙澄清，「我們藥都有送進來，詢問奶奶，她也說都有吃，而且早上量血壓也正常。」

眾人摸不著頭緒，Elva對著醫師跟護理師說：「不管怎樣，還是要麻煩你們多留意一下。」

我進去看桃花婆婆，她氣色紅潤了一些，正熟睡著。我鬆了口氣，看著她放在房間角落的一些畫作，因為手會抖，她的畫裡沒有直線，都是彎曲的、叉出去的，可卻是專屬於她的風格。

我兀自發呆的時候，Avery來了，我正要喊她，她對我比了噓，接著拉了椅子，靜靜地坐在桃花婆婆旁邊待著，難過地說：「妳以為不吃藥就會死嗎？不會！只會更辛苦而已。」

話我聽在耳裡，卻不明白意思。

Elva招手示意我出去，我只好離開，把空間留給她們。

Elva對我說：「Avery奶奶來了就不用擔心了，她會看著桃花奶奶的。」

我點點頭，和Elva一同離開，回到辦公室，我的心情一直很沉重，倒是她看起來很輕鬆平靜，為我倒了杯熱茶，「嚇到了嗎？」

「也不是嚇到，就是有些陌生。」不是沒有經歷過奶奶被急救的場景，但那已經離我很遠了。

「要習慣，在這裡，妳認識的任何一個奶奶，都有可能明天就不見。」我怔愣地看向Elva，很懷疑她在跟我開玩笑，但她只是平靜地對我說：「這裡的住戶身上大多帶著病，畢竟有年紀了，我們只收五十八歲以上的住戶，所有住戶都要經過雪曼姊的審核才能住進來。」

「我以為有錢就能入住。」我說。

Elva笑著搖頭，「這裡不是有錢就進得來的地方，但住進來的每個人，絕對都是孤單的。」

孤單的？她這話什麼意思？「不太懂……」

「被丈夫小孩拋棄的女人、沒有生養的女人……」她回答了我，我這才明白意思，原來住在這裡的女人，都是沒有任何後援的，就好比我這種，最後沒結婚，又跟其他兄弟姊妹不相往來，甚至也沒有朋友的女人。

「那我應該五十八歲就能進來了吧，選最便宜的。」我說。

Elva笑了笑，一臉我好像在講天方夜譚一樣，「那也不一定，雪曼姊的審核條件在她心裡，沒有標準答案，在這裡，一切她說了算。」

當然，她是老闆，一個令人超好奇的老闆。

但我沒有時間再好奇，我還有該做的事，我拜託Elva給我藍一明的聯絡地址，畢竟我沒有後路了。

於是我開車來到他住的地方，警衛幫我通知，沒想到他不在家。我拿出手機，本想打給他，但後來決定不打，萬一他知道我在他家門口等他，故意不回來怎麼辦？

我不應該把人想得太壞。

但此時我的心中只有我想要這份工作的念頭。

於是詢問警衛我能否在大廳等待，得到允許後，我便一直在大廳等著，從天亮到天黑，輪班後的警衛過來關心我，「小姐，藍先生有時候會出去兩三天才回來，妳要不要打電話問他看看，免得白等？」

我知道在這裡坐了五個小時很奇怪，警衛擔心我會做出什麼事也不意外，我等待的耐心值似乎也到極限了，於是我對警衛點點頭，「好，不然我再聯絡看看。」警衛這才露出安心的表情，我想他一定覺得，我總算要走了。

我拿起手機，最後還是打給了藍一明，但他沒有接。

我和警衛對看一眼，他很期待結果，我尷尬笑笑，「他沒有接。」

「那還是妳下次跟他聯絡後再來？」

我不想警衛為難，也只能點頭。一走出大樓門口，覺得自己守株待兔，竟然只等了個空虛寂寞，實在很不甘願，我站在大門口，看著手機時間，是晚上八點二十九分。

那再給他一分鐘的時間，如果他還是沒出現，我就走！

馬上就走！

然後……明天再來……我再次垂下肩頭，開始後悔之前自己的不懂事，為什麼要跟藍一明吵架？地球就這麼小？不用繞一圈，仇人就在身邊，所以做人真的要善良，你永遠不知道現在碰到的人，將來會在你的未來成為阻礙還是困難。

很快地，手機畫面變成八點三十分。

我還是沒有等到奇蹟。

決定先離開，走到路邊要開車的時候，我看到一台跑車停了下來，駕駛座下來一個十分豔麗的女人，因為太漂亮了，我忍不住多看了兩眼，接下來就看到從副駕下來的人，竟是藍一明。

我差點沒有大叫，興奮的那種。

就看到藍一明笑著和那名女子擁抱後，女人目光十分捨不得，多看了藍一明幾眼才坐上跑車離開。我沒時間猜測他們的關係，一見跑車駛離，我直接衝到藍一明面前擋住他。

他看到我，表情拉了下來，不知道的會以為他跟剛剛那個根本不是同一人。

「拜託你再考慮一下。」我很誠懇地請求。

他還是直接拒絕，「我已經答應花蓮偏鄉小學，這兩個月要去那裡教畫畫和棒球，所以我真的沒有時間。」

「不是每天吧？總會有休息的時候，把那時間留給我們可以嗎？」

「重點是那兩個月我會住在花蓮。」

「我接送你！」我想都沒想地直接提議，「拜託，你把可以的時間空下來，我負責接送你。」

他也驚訝了一下，隨即還是拒絕，「來回六小時，上一堂課，妳甚至要來回兩次，我不想讓人家以為我欺負人，還是不要好了。」

「我沒關係，真的，只要你能騰出時間，我就願意接送，至少留十堂課的時間給我，可以嗎？」

他想了一下，還是搖頭。

我真的很想大叫，但我忍住了，我們對看著，空氣凝結，最後我搶走他後口袋的手機，對準他的臉，解鎖手機。他嚇了一跳，連忙制止我，「妳要幹嘛？」我和他身高至少差了二十公分，手機馬上就被他搶回去了，他生氣地瞪著我，「妳懂不懂尊重？」

我也豁出去了，「我只是要刪掉那段錄音。」

「然後呢？」

「然後用我頭上的傷威脅你。」我很認真，我沒有別的辦法了，只能真的變成一個情勒的人。

他突然笑了出來，整條路上都是他的笑聲，他直接把手機解鎖後給我，「妳根本找不到那段錄音。」我錯愕地看著他，他才緩緩地說，「我根本就沒錄，誰跟妳一樣幼稚。」

我傻眼，「你是吃飽太閒嗎？」

「這是有求於人的口氣嗎？」

我深吸口氣，轉換語氣，「您是不是太無聊了，還故意假裝在錄？」

「我也得保護我跟我的學生啊，誰知道妳是不是那種故意碰瓷的，以後來個獅子大開口。」

「我不是那種人！」

「我知道，錄音的時候，妳的態度就說明一切了，但我沒想到，妳居然會用這種爛方法，讓我答應妳上課的事。」

「走投無路的時候，什麼方法都得用。」

「我不知道我有這麼重要。」他顯得頗為好奇。

「我也不知道。」我一臉「你憑什麼」地回應他，但數字會說話，統計出來的數據就是這樣，有些人就是不知道自己為什麼會被喜歡，藍一明就是這種人，他投對胎，他有著會讓人喜歡的特質，雖然我沒喜歡，但不能否認，住戶對他的評價就是這麼高。

空氣再次安靜，我已經沒有辦法了，我最後只能認輸。

沒關係，我一向就是個輸家，即便我再怎麼喜歡美蘭寓所，但如果老天爺不讓我留，我也不能強求。

每一次，不管是愛情、親情、工作，我都盡力了。

「不管怎樣，還是謝謝你，願意聽我講那麼多，還有，剛剛是我失禮了，對不起。再見。」我向他致歉後，轉身準備開車離開。

就在我要上車那一瞬間，他喊住了我，「妳確定要接送？」

我馬上關上車門用力點頭，「我願意！」

他突然笑得很溫暖地對我說：「把課集中排在星期五跟星期六，我沒辦法給妳十堂課的時間，最多六堂。」

「夠了！夠了！謝謝你！藍先生。」

他朝我揮揮手後，帥氣離開，我再次打開車門坐上車，興奮得在車上尖叫，然後下意識地打給凌菲，就像過去我完成一個案子就想和她分享一樣，但她還是沒接，我突然擔心起她。

再怎麼生氣、再怎麼想絕交，她都不應該是這樣的狀況，凌菲跟我不一樣，我很會忍，但她是不忍的，就算不要我這個朋友，再多罵我兩句也是正常的，但她卻如此安靜。

我開始覺得不對勁，趁今天進來市區，我回去租屋處，老許一看到我就說：「鄭小姐，妳是搬走了嗎？妳們家現在沒有人住喔？」

「我換工作了，最近住宿舍，凌菲應該會在的。」

「也很久沒看到簡小姐了啊，今天還有個女人來找她，很凶耶，不知道是發生什麼事了。」

「那個女人之前有來過嗎？是凌菲媽媽嗎？」

「不是啦，長得很漂亮，差不多三十歲出頭吧，我是沒見過啦，是說……妳是跟簡小姐吵架了嗎？前陣子看她就很少回來，現在換妳也不在……」老許都六十歲的老叔叔了，還能敏感地看出我跟凌菲有問題，可見有多明顯。

我尷尬笑笑，「沒有啦，我去買個東西，先走了。」

我迅速逃離老許打量的眼光，開始擔心起凌菲的狀況。我傳訊息給她，要她無論如何給我報個平安，接著我回到了宿舍。

原本以為只有我住的宿舍，雪曼姊居然出現了，坐在一樓客廳看著新聞，手裡還拿著書。我嚇了一跳，她連看都沒看我，就知道我的反應，淡淡說：「Elva沒告訴妳，一樓有我的房間，我偶爾會留下來住嗎？」

「沒有。」我對雪曼姊是敬畏的，她在我心中的形象很像媽祖，那樣莊嚴，雖然我不知道這樣形容，媽祖會不會不開心，畢竟每個人都獨一無二，媽祖應該覺得不會有人可以像祂。

她轉頭看了我一眼，素顏的她還是非常漂亮，「冰箱有我切好的火龍果。」

「好，謝謝雪曼姊。」

我只好去冰箱拿出火龍果，而雪曼姊背後好像長眼睛一樣，「如果不喜歡吃，不要勉強，我只是告訴妳有，不代表我強迫妳要吃。」她說完轉頭看著被她抓包的我。

我的確很怕火龍果，便不好意思地笑了笑，「那我就不吃了喔。」再次把火龍果放回冰箱時，她問我，「Elva說妳有在問五十八歲要住進來的事。」我嚇得差點沒把火龍果整盤丟出去。

只能保持鎮定地看著雪曼姊，點點頭，「我想我應該符合條件……」

她臉上掛著淺淺的笑容，「希望妳不要符合，妳有能力讓自己過得更好。」她堅定的語氣，讓我覺得自己好像現在就過得很好一樣，她又繼續說：「會進來寓所的女人，前半輩子都過得很不容易，所以後半輩子才在這裡互相陪伴，妳還有時間讓自己幸福，不要現在就放棄。」

我點點頭，「謝謝雪曼姊。」

「謝我什麼？妳現在只是我的員工，不是住戶！」她說完，換我笑了，然後她又說了一句，「不想要就大聲說不想要，改掉妳委屈求全的壞習慣，看看寓所裡的人，妳沒有資格自怨自艾。」

她的話，每一句都打在我的胸口。雪曼姊說完關電視上樓，我突然明白她為什麼今天會選擇住在這裡，純粹是想給我一些鼓勵，我頓時覺得心裡好暖。

覺得今天真是美好的一天。

我隔天很早就起床，因為藍一明可以繼續上課，我得重排課表，就等於所有的工作全部都要重來一次，希望能在盡量不影響其他人的狀況下，把變動縮到最小，一直被改來改去，對其他老師也不好意思。

沒想到我要去工作時，也遇到準備出門的雪曼姊，她看我早起也毫不驚訝，應該說，我從不曾見過她臉上表情有什麼波瀾，不是說她打肉毒，而是她真的就是四個字的代言人，處變不驚。

「辛苦了。」她對我說。

「應該的。」我回她。

我們一起步出宿舍，她突然對我說：「妳知道我為什麼錄用妳嗎？」

我錯愕了一下，然後搖搖頭。

「因為妳看起來覺得人生沒有意義。」

雪曼姊又再次說了個大白話，我的確是那樣沒錯，即便現在好了一點，我也還不知道生活的意義在哪裡，可是已經沒有當時那麼絕望。

我忍不住反問雪曼姊，「那對雪曼姊來說，人生的意義是什麼？」

她笑了笑，「每一天，都好好地活下去。」接著拍拍我後離開。我深吸口氣，看著剛探出頭的太陽，也希望自己今天可以好好地活下去。

我很快地進入工作狀態，迅速把課表重排一次，先mail給藍一明確認，等他說ＯＫ後，我又開始後續的工作，總算在五點前聯絡好所有老師，寄送合約後，就等著他們簽名上傳，工作總算能告一段落。

我和藍一明互加了LINE，這才發現，他的明是這個銘，難怪小名會叫小金老師，我一直搞錯他的銘字，但沒關係啊，一切都還不算太晚。我把他的電話名字改了過來，希望我們的關係也能開始改善。

我總算度過正常的一天，五點半離開辦公室，準備回宿舍洗衣服整理東西的時候，我接到租處的房東電話，「鄭小姐，妳們現在這樣到底要不要住？有個女人來這裡大吵大鬧要找簡小姐，她手機都沒接……」

「我馬上過去。」我回應房東太太後，迅速開車到租處。

一進大廳就看到老許攔著那位他口中的漂亮女人，不停地說：「簡小姐真的不在啊！」一旁房東太太也拉著人，「妳這樣鬧，造成別的住戶困擾，害我被投訴怎麼辦？」

我連忙過去詢問狀況，「到底怎麼回事？」

漂亮小姐一轉頭過來，我覺得她很眼熟……心裡一凜，不就是藍一銘的朋友？女朋友？

那天從跑車下來的那一位！

「妳誰？」她問我。

「我是凌菲的好朋友。」

「叫她出來。」

「我也聯絡不上她。」

「她搶我老公。」

「不可能！」

她拿出手機，有幾張凌菲和一位男子有說有笑、非常親密的照片，「這都是證據，還有他們去開房間的錄影，要播給妳看嗎？」

就算她給我看再多，我都不會相信，「凌菲不會搶人家老公。」

「妳是她朋友，當然幫她說話！馬上叫那個賤女人出來，不然我一定告死她！她是不是躲在上面？妳包庇她是不是？」

「凌菲有一陣子沒回來了，我沒必要騙妳，我帶妳上去看！」我直接拉著她搭電梯上樓，開門讓那個女人檢查。她四處找著凌菲的蹤影，發現真的不在，她才死心。

我深吸口氣，對她說：「請妳不要再來這裡造成別人的困擾，凌菲可能也不會回來了，我現在也在找她，身為她十幾年的好朋友，我絕對相信她。」

她瞪我一眼，推開我後，直接走人。

我忍不住打給藍一銘，「我可以問你一件事嗎？上次開跑車送你回家的那個女生是誰？」

他也沒覺得我的問題莫名其妙，直接回答：「我妹啊。」

「她老公外遇嗎？」

這次他聽起來真的嚇到了，「妳怎麼知道？」

我的頭開始痛起來，回覆他說：「她老公外遇的對象很有可能是我朋友，雖然我到現在還不相信……」我簡略地說明剛剛他妹來租處的事，以及我跟凌菲的關係，而他在電話那頭安靜著。

超尷尬的。

最後他開口說：「我們都是局外人，讓她們自己去處理。」

我真怕他覺得我是害他妹妹婚姻不幸的女人的朋友，然後關係再次搞僵，幸好沒有，我回了他一句，「謝謝你。」

他輕笑一聲，「神經，跟妳又沒關係。」

「但凌菲真的不是那種人……」

「妳已經講了三百次了，我妹個性是衝了一點，但也不是隨便誣賴人的，再繼續下去，我們兩個就會鬼打牆，所以就不要再說了，等當事人出現，再好好問看看吧！」

也只能這樣，我掛了電話。

接著我打去凌菲家，還要假裝自己是電話行銷小姐，確定凌菲都沒有回家，也沒有去任何兄弟姊妹的家，我更不安。

那個說要擁有幸福家庭的女人，怎麼可能會去破壞別人的家庭幸福？

不會吧！不會吧？我在心底問了自己千萬次，一次又一次地，愈來愈沒有信心，凌菲到底怎麼了？

就在我快擔心死凌菲的時候，我收到一則簡訊，是楊家祥傳來的，「妳可以幫我再跟佳容解釋一次嗎？」

我看著簡訊，差點氣得把手機給丟了。

這次我直接回了楊家祥，「你怎麼不去吃屎？」千封鎖萬封鎖就是忘了封鎖楊家祥，真是最大失策。

人生就是很常在某個意想不到的點跌倒，還跌了個狗吃屎。

原以為只有我在苟延殘喘，
後來發現，不是只有我這樣，
全宇宙都是。

## 生活每一天都是陌生的樣子。

我始終找不到凌菲，她的手機直接轉進語音信箱。

她是躲在哪裡？自己一個人？如此孤獨？

可能是從小一個人慣了，與其說我習慣孤獨，不如說我不得不孤獨，也訓練了我，懂得面對孤獨。在這個世上，不會有人真心喜歡孤獨，但因為你的心沒有一份歸屬感，幾次三番心靈探索，最後得到的結論大多是，人要懂得孤獨、習慣孤獨。這不是廢話嗎？

很多廢話，都是最難做到的。

重點是孤獨後，伴隨而來的寂寞，那種跌入黑洞的失重感，讓人害怕、恐慌，所以我們努力把心寄放在某個地方、某個人、某件事，但那個地方有可能會消失，那個人可能也會不見，對那件事也會突然失去熱情。

於是寂寞再次無處安放，我們又要重新來過，找一個地方、找一個人、努力找出想做的事，排解寂寞和孤獨。

最後開始懷疑人生、懷疑自己，覺得自己這輩子就得擁抱孤獨到死，對未來不抱任何期待，為什麼人一出生就得面對這樣的惡性循環？我不能理解，即便我分手了十七次，我仍然不能理解，找到一個我愛的人，和肯好好愛我的人，怎麼會如此困難？

而別人卻總好像得來全不費功夫？

我多年前刪掉了ＩＧ、ＦＢ，不再使用那些社群軟體。

每滑一次，我都會覺得why？大家都好快樂、好幸福，在ＩＧ限時動態罵老公，卻也順便放閃；在ＦＢ亮小孩，害怕小孩太快長大的煩惱，對我來說怎麼那麼奢侈？

很多人說，不要去羨慕別人有的，珍惜自己握在手上的。

但我兩手打開，空空。

我可以抱怨一下吧？任何人都可以抱怨一下世界吧？這世界值得被抱怨吧？難道我有說錯嗎？宇宙創造了我，難道不用為我的快樂負責？只有我自己要承擔這個人生？

ＯＫ，那也可以，那能讓我體會活著到底能多快樂好嗎？即便我知道活著，就是一直面對問題和解決問題，我不也努力了嗎？就不能給我一點甜頭？

我坐在車上跟這個世界抱怨了好久，才心甘情願地開車回宿舍。

想了很久，傳了訊息給藍一銘，希望他能給我他妹妹的聯絡方式，我真的很想知道到底發生了什麼事，可藍一銘不肯，一樣是那句話，「讓當事人解決，這跟妳沒關係。」

「你妹妹的事，你一點都不緊張？」

他乾脆不傳訊息，直接打給我，「要緊張什麼？那是她要面對的，身為哥哥，除非她求救，要我幫忙，不然我要幹嘛？問她那個混蛋在哪裡？然後去揍我妹婿一頓，事情就解決了嗎？」

他說得好像也沒錯。

「別人感情的事，和我們最沒有關係，妳要相信妳朋友，她可能只是在某個地方休息整頓自己，她可能還沒準備好和妳說這些事，妳這樣一直問，不是另一種逼迫嗎？」

我頓時無語，從來沒有想過這些事。

「我知道了，謝謝。」

他很大方地直接回我，「不客氣，妳現在該做的事，是養好體力，接下來當我的司機。」說完他就掛電話了。

很囂張。

但我必須忍耐，因為有求於人。

我只能努力調整心情，希望真的就像藍一銘說的，凌菲可能在某個地方整理她自己，等她好了，會跟我聯絡，我希望她真的好好的。

我把注意力放回公事，每天都很認真地工作，也努力地認識每個住戶，看著她們上每一堂課的專注和參與度，只要課程回饋有人不滿意，我就會試著溝通，理解真正不滿意的點，然後適時提醒老師。

這陣子真的是我講過最多話的時候。

然後不得不說，藍一銘的課簡直就是場場爆滿，每個奶奶婆婆眉開眼笑，他很溫柔地對待她們，把畫畫教得很簡單，我覺得他是所有老師裡頭，最容易讓學生感到有成就感的人。

當然，我也看到桃花婆婆看著藍一銘，滿眼愛心的樣子。

我覺得十分可愛。

偶爾我會故意把前面的位置留給桃花婆婆，讓她能更近距離地接觸藍一銘，見她精神好多了，我也感到放鬆不少，上次急救的畫面，偶爾會在我腦海裡出現，桃花婆婆面容蒼白的樣子，我真的不想再看一次。

在課堂開始之前，我忍不住問她，「有沒有好好吃藥？」她愣了一下，瞪我一眼，「有啦！連妳也要管我喔？」

我很直接點頭，所以她不管上哪堂課，我都會特別留意。

沒想到居然被藍一銘發現了，結束這個月最後一堂課的時候，他好奇問我，「妳跟桃花奶奶有私交嗎？」

「哪有。」

「我看妳一直在看她。」

「她是你的粉絲，對她好一點。」

「我對每個奶奶都很好。」

「嗯哼。」

他笑笑，傳了個地址給我，「這是我花蓮的地址，接下來的兩個月，要麻煩妳了。」

「我知道。」自己說出口的，我絕不逃避。

他看我一眼，笑笑回應，「為什麼一直覺得妳口氣有點挑釁？」

「可能因為你本來就看我不順眼？」

「妳這是很嚴重的指控喔！」

「你可以告我。」我淡淡回應，語氣平靜。

他笑了出來，意味深長地看了我一眼後，就轉身離開，我跟在他後頭，本來是想回去宿舍，但他突然停步，我整個人撞上他，沒好氣地瞪他，他一臉無辜，「我不知道妳走在我後面，我只是想問妳要不要一起去吃點東西？」

「不、要！」我覺得我快流鼻血了，怎麼他的肩膀這麼硬。

我繞過他，準備要走，此時他手機響了，就聽到他語氣突然變得嚴肅地詢問對方，「所以妳現在在哪裡？不要衝動，我馬上趕過去。」

我心裡也有種不好的預感，所以停步看向他，他拉住我，「我妹找到妳朋友了，現在兩人在吵架，我們先過去。」

我根本沒有思考的機會，就被藍一銘拉上他的車。

一路上，我心裡有好多疑問，卻一個也問不出來。我們來到了某間飯店，趁著其他房客刷磁卡按樓層，他也按下了十一樓，我們兩人對看，什麼話也沒有說。電梯門一打開，就聽到女人激動的聲音，「不要臉！搶我老公！」

我和藍一銘迅速跑了過去，就看到有幾個人圍在某間房間門口，我們推開那些看熱鬧的人，只見飯店工作人員正在努力勸架，應該說是努力抓住藍一銘的妹妹藍品潔，因為凌菲完全沒反抗，任由藍品潔不停地打她。

藍一銘連忙從後面抱住妹妹，然後請工作人員出去，直接把門關上。

我看到滿臉紅腫的凌菲，整個人傻住；她看到我出現，也感到十分錯愕。好久不見的好友，問候的話一句也說不出來，我怕我一問，自己就先哭了。

接著我就聽到藍一銘大吼，「妳給我冷靜！」

藍品潔被吼完，大哭出聲，凌菲也掉下眼淚，直接跪在藍品潔前面，「我完全沒有要破壞妳的婚姻，我真的不知道振宏有老婆，他告訴我他單身……後來妳找上我，他還繼續騙我，說妳是他前女友，不甘心分手才會一直亂說話，他拿我手機直接封鎖妳……我以為他說的全是真的，但……我還是忍不住偷看他手機，最後才發現，他的每一句都是謊話，我就馬上搬離我們一起住的地方……」

「但那都改變不了妳是小三的事實。」藍品潔吼。

「我真的不是故意的，對不起，今天不管妳要怎麼打我都沒有關係，要告我也可以，我全部承受，但我已經沒有再跟高振宏聯絡了，為了躲他，我手機已經很久沒開機了……」凌菲起身把手機交給藍品潔，「妳可以打開，所有記錄我都沒刪，密碼是二五八九。」

藍品潔直接打開手機，一堆訊息聲跳出來，藍品潔點進凌菲和高振宏的對話框，愈看愈生氣，直接用凌菲手機打給高振宏，馬上就接通了，她氣得大罵，「恁祖罵不是簡凌菲，高振宏你怎麼不去死？一直說是她先接近你，但對話紀錄不會騙人，你怎麼有臉一次騙兩個女人？我要離婚，我要讓你一無所有！」

藍品潔說完，氣得直接砸手機，手機螢幕應聲破裂，凌菲一句話也沒吭。藍品潔看了凌菲一眼後，轉身離去。

藍一銘拍拍我，低聲說：「我先去看看我妹，妳陪妳朋友。」

「謝謝你。」我真心感謝，他給我一個微笑。

頓時，房裡只有我和凌菲，我沒說話，替她煮了熱水，請服務人員給我一些冰塊，拿了毛巾包起來替凌菲冰敷。她的衣服被扯破了，我脫下外衣幫她蓋上；她眼淚不停流著，但我不會叫她不要哭。

能哭是福，像我這種在谷底還哭不太出來的感覺才痛苦。

直到冰塊都融化了，我們都安靜了好久之後，她才突然開口：「妳是不是覺得我很丟臉？妳說得沒錯，我在那邊追求身心靈的探索，結果還是變成破壞別人家庭的小三；我挑挑撿撿，最後還挑了個最爛的。我叫妳做的，其實我一樣也沒做到……」

我什麼都沒有說，只是伸手抱住凌菲，她趴在我肩上痛哭出聲，「我一直以為自己很成功，一直知道自己想要什麼，但其實最失敗的人是我，我憑什麼罵妳，我才是那個最該被罵的人……」

我突然發現，我完全不會安慰人，過去總是凌菲在安慰我，在我面前，她就是那個堅強獨立的簡凌菲，從不需要我擔心煩惱的簡凌菲，是我忘了她也是人，她一定也有情緒，只是她自己消化，從沒讓我知道。

過了好久，我才勉強擠出聲音，「妳沒錯，不是妳的錯，妳努力了，不要怪自己好不好？妳已經很努力了，一確定被騙，妳就沒再跟那個人聯絡了不是嗎？妳很棒，妳比我還棒！」說完，連我也哭了。

「對不起，我不知道該怎麼安慰妳，過去都是妳在保護我、替我抱不平，我都沒有想過，妳也會有脆弱的時候。」我相信她剛開始發現的時候，一定很害怕，可是又不敢跟我說，無論是自尊的不允許，又或者是還在渾沌不明無法開口，我最難過的是，「在妳最痛苦的時候，我沒有成為妳的力量，對不起……」

「妳還是來了，謝謝妳來了……」

我們抱在一起痛哭，好像要把過去十幾年所積累的委屈全哭出來一樣，我們大哭特哭，哭完一起泡澡，然後叫了外送，邊吃邊哭，吃完又邊哭邊睡，隔天醒來，我們沒有人的眼睛睜得開。

看到彼此的眼睛，我們笑了出來。

然後我對凌菲說：「走吧！我們回家。」

她點點頭，接著我幫她整理行李。結算房間金額的時候，我們都倒抽了口氣，但沒辦法，這就是經歷大風大浪所必須付出的成本。

我幫凌菲開車，她突然好奇地問：「一直忘了問，妳昨天怎麼會來？」

都過多久了，現在才問這個問題是不是太晚？

不！我發現，只要還沒有結束，一切都不會太晚。

我簡短地跟凌菲說了最近發生的事，她愈聽愈覺得意外，完全不敢置信，「怎麼會這麼巧？」

「更巧的是，藍一銘是我們去臺中陪妳拜月老的時候認識的。」

凌菲苦笑，那表情就是在說緣分真是奇妙，「結果拜月老的我，以為遇到了好對象，我真的以為高振宏就是那個對的人，他講的話、他所有的行為舉止、他的工作、他的家庭，完全就是我想要找的丈夫對象，他追求我的第一天，就告訴我，他希望我們以結婚為前提交往……後來因為跟妳吵架，所以我答應他同居。」

「我以為妳早就想搬出去？」

「其實偶爾會想搬啦，尤其是看妳要死不活的時候，但最後還是會捨不得，因為還是想跟妳住在一起，妳在我心裡是友情的歸屬，因為有這份歸屬感，會讓我覺得比較不孤單……但同居沒幾天，他就被拆穿了……」

「別想了，過去了。」

「嗯，但我身上的小三標籤這輩子是永遠撕不掉了。」

我不同意地看著凌菲，「就算今天不是妳，也會有別人，渣男會渣，就是會渣，跟對象是誰一點關係也沒有。」

凌菲突然看著我說：「是不是妳自己搬出去住長大了？這些話好不像妳會說的喔……」

「什麼意思？」

「以前妳只會聽我說，我很少聽見妳有什麼想法。」

我笑了笑，「所以我覺得情侶之間說『冷靜一下』是對的，以前覺得那是個分手的理由，但現在真心覺得，冷靜一下，比較容易看清楚眼前的狀況，我以後還是會依賴妳，可是我也會努力，變成妳可以依賴的朋友。」

我一說完，凌菲又哭了。

「不會變得這麼愛哭吧？」我忍不住開她玩笑。

她邊哭邊笑地問：「所以妳不搬回來了？」

我搖頭，「不了，我很喜歡現在的工作，住宿舍的感覺也很不錯，如果妳孤單或我孤單的時候，再回去住個一兩天充電。我現在才發現，人生所有的難關，永遠只能自己面對消化。」

凌菲點點頭微笑，語重心長地回了兩個字，「沒錯。」

我陪她回到了租屋處，一起整理了房子，再一起去採買。老許看到我們兩個一起出現，露出欣慰的表情，接著笑笑地對我們點頭打招呼。吃了凌菲煮的一頓大餐後，由她送我回宿舍。

我再次跟她確認，「真的不用我再陪妳一天？我是可以隨時休假，工作進度有掌握就好。」

「不用，我不想輸給妳，妳都進入工作狀況了，我也要銷假回去上班了，比起一般上班族，公務員已經很爽了，還是不要太囂張。」

我笑了笑，凌菲也是知足的人，她沒有想嫁入豪門的念頭，她只要平凡的幸福。只是沒想到「平凡」和「幸福」這麼難就是了。

我不知道怎麼鼓勵她，突然念頭一閃，讓她在商場前停一下，「我去買條延長線。」她點點頭，暫停在路邊等我，我很快買好，我們繼續往宿舍方向開，她看到我的工作環境，整個人都傻住了。

「好美喔，我的媽，以後我也能住嗎？」凌菲看著我，以為我會有相關的員工福利，但可惜的是，我只能對她搖搖頭，「有點難，這裡不是有錢就能住的，要老闆全權審核。」

她露出可惜的表情，「能住在這裡老去，應該很幸福吧。」

「我來的時候跟妳想法一樣，但現在覺得還好，不管在哪裡，能夠好好老去，才是真的幸福。」我說。

凌菲又笑了，揉揉我的頭，「我好像真的可以不用再替妳擔心了。」

「還是要，我們要一直互相擔心，一輩子。」我說。

然後我們又抱在一起哭了起來，女人的眼淚跟情緒說來就來，不管妳幾歲都一樣。

最後，我只能在門口下車，因為外來車輛是無法進入的。

我在下車前把剛剛在商場買的手機送給凌菲，「不能再聯絡不上了喔！以後就算再吵架，都不能已讀不回。」

她哭著收下手機，點點頭，「妳有事也要馬上告訴我。」

「好。」說到做到，從現在起，我不想再掩飾自己的悲傷，我難過就會開口說我的難過，我傷心我就會用力傷心，但我幸福的時候，我也會努力地笑。

就像現在，跟凌菲把誤會解開的這一刻，我幸福地笑著目送她離開。

然後走回宿舍，沒想到雪曼姊還在，我愣了一下，對她微笑點頭致意，她對我說：「冰箱有綠豆湯。」

我想了一下，笑笑回應：「我比較喜歡紅豆湯。」

她點點頭，沒說什麼，收拾起她桌上的資料，「那晚安。」她說完回房，而我也回到了自己房間，梳洗整理後，收到了凌菲的訊息，「手機都設定好了，謝謝妳的禮物。」

我安心了，心滿意足地閉上眼睛準備睡覺。

突然手機又震動了一下，是藍一銘傳來的，「明天早上十點見。」

我這才驚坐起身，看了一下日期，五月份了！

是我要當司機的時候了，幸好藍一銘有提醒我，不然我真的整個忘光光，我回傳訊息給他，「我會準時到。」然後才心虛地調了鬧鐘，趕緊入睡，來回六個小時的車程，我皮得繃緊。

於是我在六點半醒來，迅速地整理自己，但其實也就只有刷牙洗臉，連居家服和拖鞋都沒換，隱形眼鏡也沒戴，我要用最舒服的狀態開車。打開我從來沒在聽的Podcast，一些凌菲之前常叫我聽，但我一直莫名抗拒的東西。

然後設了導航，傳了訊息跟藍一銘說我要出發了。

這一路上，我就聽著所謂的聽眾來信，說著他們心裡的徬徨、對人生的猶豫，主持人用著很地獄的方式回答，就好比有人說，「他剛離婚，覺得自己再也不可能接受新的感情。」主持人很直接地回應，「那就不要接受，你現在不想做的事，就不要再去想，為什麼要拿現在抗拒的事來折磨自己？」

我聽著主持人講解他對過日子的看法，有些同意，有些不同意，但重點是，對我來說，我看到了別人人生的樣貌，即便有人比我好、有人比我差，但不管如何，每個人都有各自不同的課題要面對。

我想起藍一銘說的「妳一直活在自己的世界」。

沒錯，然後我以為這就是全世界。

我很清楚，我不能承擔別人人生活裡的痛苦，就好比現在要重新站起來的凌菲，我也沒辦法替她過日子，但我並不會因為她現在比我難過，就覺得自己應該要知足。

而是我終於明白了，活著各有難處，這就是我們必須想辦法，讓自己勇敢起來的原因。

此時此刻，我好想打開車窗，對經過的每一台車說：「辛苦你了。」辛苦所有勇敢的人，我們都辛苦了，真他媽的辛苦。

我天真地以為不過就是接送，但當我到了目的地，三個小時多的車程，還是讓我腰痠背痛，有年紀的人還是要考量自己的體力。

藍一銘上車之後，我跟他說：「你等我三分鐘。」

我下車伸展一下手腳和我那發疼的腰後再上車，他轉頭問我，「需要我開嗎？」

我馬上搖頭，「我開就好，到臺北可能快一點半，兩點的課你來得及準備嗎？午餐需要我請餐廳阿姨幫你留嗎？」

「不用擔心，我自己會處理。」他這樣回答我，我也不再多說什麼。

再次出發，路上多了他，我突然覺得有些不習慣。一邊聽著傳送正能量的Podcast，我偷瞄了他一眼，也不知道他要不要聽、怎麼看待這樣的節目，只好說：「要聽別的可以轉。」

他搖頭，拿出他的iPad，「妳聽妳的，我忙我的。」他看起他的電子書，我專心開著我的車，下了一次休息站上廁所後又上路，這次他沒再看電子書，而是跟我一起聽著Podcast。

突然，他問我，「妳朋友還好嗎？」

我愣了一下，回答：「還好，你妹呢？你什麼時候去花蓮的？她有人陪嗎？」

「會打離婚官司，關於財產的部分，她不用我陪，她有自己的姊妹淘。」

說完，我又陷入沉默，不知道該怎麼繼續這個話題時，他又說：「不要用那種歉疚的表情，又不關妳的事，妳朋友也是受害者，我妹在情緒上，說話是比較難聽，但時間一長，她會理解的。」

「希望是這樣。如果她不快樂，凌菲也不會快樂的。」

「妳們女生好奇怪，應該要一起希望渣男過得不快樂才對，怎麼會讓自己不開心？就不是妳們的錯啊！搞不懂耶。」他真的一臉疑惑，我忍不住笑了出來。

瞬間，車子裡的氣氛好多了。

我關掉Podcast，轉成電台，頓時，老舊的英文歌流洩在車內，藍一銘跟著哼唱，我很意外地看著他，「你會唱？你是我們這個年代的人？」

「妳以為我很年輕嗎？」後來才發現，藍一銘居然跟我一樣大，我總覺得他比我小幾歲，「我覺得你講話口氣很像年輕人。」我說。

他一臉莫名地看著我，「妳是拐著彎罵我幼稚？」

「不是！是你講話方式很像年輕人，對人生還有熱情的那種人。」

他大笑，「妳對人生到底有多絕望？妳是我第一個看到寫遺書的人。」

他突然提起這件事，我覺得很丟臉。

「可以忘記這件事嗎？那時候就真的覺得很倒楣、覺得人生沒意思啊……」

「失戀？工作不順？」

「失戀第十七次，丟了做十幾年的工作。」我說。

我以為他會很驚訝，但他沒有，他只說：「但妳現在有新工作，而且妳有機會換更好的男朋友，妳應該感到開心。」

「我以為你會覺得我交過太多男友。」

「就算交一百個男友，那也是妳的自由，自己開心比較重要，為什麼要管別人怎麼想？如果我說妳怎麼在感情上那麼隨便，妳就又要開始絕望，寫第二封遺書嗎？」

我瞪他，「就叫你不要再講遺書的事！」

他笑了笑，「好好好，抱歉，反正妳知道我的意思。」

「以前可能會寫，但現在不會了。」我說。

他難掩好奇，「為什麼？」

「因為我過了人生最想死的時候。」我回答他，他意會地點點頭。

但話就是不能說得太早，我媽就在這時打來了，車上螢幕顯示著母親來電，藍一銘見我一直不接，連忙跟我說：「妳可以接，我不介意。」

錯了喔，介意的是我。

我媽沒有要放過我的意思，即便我一直掛掉，她還是打來，於是我只好戴起藍芽耳機，按下接聽，然後我媽的聲音居然在車子裡大聲迴盪，「為什麼都不接我電話？妳妹妹也不接？妳們是存心看著我去死嗎？」

我的藍芽耳機沒電了，所以根本沒連上。

我瞬間頭皮發麻，覺得自己再次赤裸地展現在藍一銘面前。我深吸口氣，對我媽說：「我在開車，而且我車上有客人，先這樣。」

但我媽還是繼續哭吼著，「剛剛高利貸來家裡要錢，我嚇死了，我現在都不知道妳弟到底在外面欠了多少錢……他什麼都不肯跟我說，妳可不可以問問他？妳是姊姊……」

家醜不可外揚，所以我一直忍著，但聽到我媽講的最後那句話，我立刻爆炸。

「什麼姊姊？妳怎麼好意思一直說我是他姊姊？就因為我們都是妳生的？妳有試著讓他們知道我是姊姊嗎？妳跟妳老公帶著他們去玩的時候，有想過我這個女兒，有想過我這個姊姊嗎？我在半工半讀繳不出學費的時候，妳有想過我這個女兒嗎？到底為什麼妳開始過得不好的時候，才想起有我這個女兒？上次在警局就說了，妳家的事我不會管。」

我說完直接掛掉電話，幸好，美蘭寓所也到了，停好車，我完全無法面對藍一銘，他下車後對我說：「晚上我會回臺北的住處，我自己叫車就行了，明天晚上課程結束，妳再載我回花蓮。」

我點點頭，他轉身走去前棟。

我則是回到宿舍換衣服，但我全身都還激動著，我很想面對我媽，我很想面對這個問題，但我卻不知道我到底能怎麼做，我知道那是另外一個大洞，要是我跳進去，真的就出不來了。

我打了電話給凌菲，正好是她的休息時間，我告訴她有關我媽最近打來煩我的事，凌菲氣到不行，然後稱讚我，「妳做得很好，不要管，真的不要管，因為事到如今，妳也管不了，妳媽兒子就是被寵壞了，他要是沒學到教訓，永遠都不會改的，不要動搖。」

「好。」我會的，我會加油的。

「妳呢？有好好吃飯嗎？」我問完就聽到她的笑聲。

「當然有，看妳什麼時候放假，回家吃飯。」聽到回家吃飯四個字，我心情平復了不少，和凌菲再聊了一會兒之後，我整頓好心情，重新回到工作上。

今天下午同時有繪畫課、書法課、木作課跟一個養生講座，因為住戶不少，所以課程也得多排，讓大家有所選擇。我去巡課堂，關注每個人上課的狀況，尤其是新課程，那是我自己的挑戰。書法老師是之前認識的一個大師，他向來不幫人上課，但聽到是為銀髮族的婆婆們上，他二話不說就答應了。

見大家上得很開心，我也就放心了。

看著奶奶、婆婆們專注的樣子，不知道為什麼，總讓我感到人生有很多可能，我是不是也該去尋找自己的可能？我巡到繪畫教室，看著藍一銘帶著Avery的手畫著。

他這堂課上的畫，叫日出，要每個人畫出自己心中日出的樣子。我想起凌菲多年前每次約我跨年去看日出，我都興趣缺缺地勉強自己陪她去，但最後感動到不行的都是我，要不是凌菲拉著我，我人生可能就是一片空白吧。

除了賺錢，好像對什麼都沒有興趣。

興趣是給對生活有期待的人吧！

我能好好過完一天，都覺得是神的恩賜。

結束下午課程後，我在餐廳遇到了來吃飯的藍一銘。他晚上還有課，不能怪我壓榨他，他能有的時間就是這樣了。他對我招招手，我只好拿著餐點到他面前坐著吃。

很怕他會問我車上那通電話的事，但他沒有，我們就只是吃飯，我告訴他，「晚上我送你回去好了，順便回凌菲那裡看看她，然後明天早上再接你過來。」

他也沒在跟我客氣，「好啊！」

然後突然問我，「妳心中的日出長怎樣？」

我整個人愣住，非得在吃飯的時候問這麼文青的問題嗎？「我沒有特別想過。」我很誠實地坦白，「我是個不擅想像的人，我也沒有想過大富大貴，也沒有想過日子要過得怎樣，我什麼都沒有特別想過。」

「妳無聊可以試著想想，搞不好就想到了。」他很認真地對我說。

但我不想去想，有很大部分是，我很怕自己過不了那樣的生活，比如愛情，分手了十七次，我還能想像愛情有多美好嗎？我還能想像真的有人會愛我超過半年，甚至很久很久嗎？我還能想像我擁有親情嗎？那樣的媽媽，會給我什麼溫暖嗎？至於我爸，一輩子講不到五次話的人，能給我什麼幸福嗎？

他又出聲，「不是叫妳想別人可以給妳的，是妳可以給妳自己的，比如以後每個星期五都買束花送給自己，還是說每個星期日都要去吃一頓最想吃的食物。」

我真的一口飯都要噴出來了，他怎麼知道我在想什麼？我直盯著他看，他笑笑地對我說：「怎麼了嗎？自己要過什麼樣的日子，不是妳自己可以決定的嗎？」他收拾餐具去回收，我則邊吃飯邊想著他的話。

想著自己有沒有想做的事；送花給自己太浪漫了，不適合我；我對吃也沒有特別欲望，有得吃就好，不難吃的我也可以接受，那還有別的嗎？

一直到他上完晚上的課，我送他回家，卻還是想不出來。

我實在忍不住問他，「如果都沒有想做的事，怎麼辦？」

「一定有，只是妳還沒有想到而已，但妳也不用急，偶爾想想，總是會想到的。」他信誓旦旦地對我說。

我莫名被他堅定的眼神感動到，好像我的人生最後會發光一樣。

他下車前，我對他說了一聲，「謝謝。」

「謝什麼？」他一臉好奇。

「全部。」從臺中開始，從見到的第一次到現在的全部。

他點點頭，給了我一個微笑，我也不知道他聽不聽得懂，但我不管，我就是想要謝謝他。約好明天來接他的時間後，我傳訊息給凌菲，說我會回去住一晚。凌菲說洗衣機壞掉，她在附近的洗衣店等衣服烘好。

我決定停好車去陪她。

沒想到，我從地下停車場坐電梯上來，走出大廳，準備往洗衣店方向走的時候，我看到一個陌生卻又微微熟悉的身影站在門口，我們兩人對看，我嚇了一跳，他似乎也是。是我爸。

我一瞬間以為我看錯了，但後來仔細一看，是他沒錯。

他瘦了不少。沉默中，他走到我面前，我們陌生到不知道怎麼開口講第一句話，我也沒有喊他，兩人就這樣杵著，不知道過了多久，他才跟我說：「我聽妳大伯說了。」

「我勾引他未來女婿的事？」

他沒說話，只是繼續問：「他們說妳都不接他們電話了？」

「封鎖了。」

他重嘆一聲，滿臉都是遺憾，但我不知道他是在遺憾什麼意思，不要我的不是他嗎？現在又因為我不跟他的哥哥聯絡嘆氣？我不懂耶，到底我是他女兒，還是大伯的女兒？還是我根本就是撿回來的？所以這些人，都沒有把我當成親人。

「佳容和那個男人分手了。」

「所以呢？要怪我嗎？」

「沒有，佳容後來也覺得這個男人不適合，他們想跟妳說聲對不起，那時候在餐廳搞得很難看……」

「不用了。」真的，我根本不需要，他們的虛偽才是對我最大的傷害。

「妳為什麼沒有跟我說，妳大伯都沒有給妳錢？」

聽到這個問話，我真的眼淚都要掉下來了，我是你女兒耶，你如果真的要養我，你為什麼不是直接給我？就算小時候我不懂得怎麼用錢，但我後來長大了，你為什麼不跟我聯絡？甚至對我毫不關心，現在才來問這些？

「我沒有你大陸電話號碼。」

「妳可以問大伯、大伯母……」

「為什麼我要問？」我回他，他錯愕地看著我，「如果你有把我當女兒，不是應該知道我的電話嗎？家裡也有話機，你可以打回來找我，但你從來沒有。」

既然他今天要來講這些，那我也只能把我這將近四十年來，沒有父愛的感受一次宣洩，「所以我過得怎樣，對你來說重要嗎？不重要，你有另外的家庭，他們好比較重要，你老婆要我放棄繼承你的財產，你知道嗎？」

他更加驚愕，我笑了笑，「你從以前就什麼都不知道，現在站在這裡講這些話，不覺得很荒謬嗎？你比照顧我三年的奶奶還要陌生，我不知道我還可以跟你講什麼，這輩子你就當沒我這個女兒過完不就好了？為什麼又突然出現？你跟媽都一樣自私！我以前不恨你們，但現在真的很恨！」

我忍著眼淚說完這段話，恰好凌菲回來，直接拉著我上樓。一進屋，我就哭了，我從來都不知道自己有這麼愛哭……

我要把自己變成一種邪教，
從現在開始，
我只信我自己，
我自己做「主」。

## 給我生命，卻不給我快樂？

我真的不懂，老天想要給我多少功課，我還要找出多少答案？

我在客廳裡不停掉淚，凌菲什麼也沒說，只是靜靜地陪著我，就像我陪她一樣，很多事就是沒有解答，我不知道這些突如其來的考驗到底要我怎樣，我還要多努力才可以好好生活？

這些，是我的問題嗎？

我無法理解，造成這些痛苦的人明明就不是我，可是卻是我在承擔。

「晚上跟我一起睡吧！」凌菲說完拿了浴巾和睡衣給我，「先去洗澡。」

我被動地進到浴室裡，一洗好出來，凌菲給了我一杯熱茶，然後拍拍床的另一邊，示意我上床，我喝了茶上了床，躺好之後，凌菲說：「眼睛閉上。」

她開始唱著歌，不知道在唱什麼，但很難聽，我的眼淚莫名停了，接著默默地睡著了，幸好我送藍一銘回家的時候，已經設定好鬧鐘，所以我被吵醒了，隱形眼鏡沒拔就算了，眼睛腫到一個不行。

藍一銘看到我的時候，嚇得倒退兩步，才又開門上車。

「妳眼睛怎麼了？」他邊繫安全帶邊問。

我沒回答，只是繼續往前開，先送他到前棟，我才回到宿舍稍做整理，人生都有該盡的本分，我還要呼吸，就得工作賺錢養活自己，我眼睛腫到隱形眼鏡戴不上，只能戴著眼鏡。

但還是遮不住我的腫眼，一直被發現。

只是這裡的所有人好像都能明白我現在的情緒，沒有多做關心，就跟平常一樣和我互動，每天叫我要多吃一點的餐廳阿姨，一樣叫我多吃一點，然後把我的餐盤塞滿滿。

Avery和桃花婆婆經過走廊要去上課，也是笑笑地跟我嗨。

這讓我心情可以緩緩地平靜下來，甚至還能想到我爸昨天晚上的神情，那個懊悔的表情，不斷在我腦海裡跳進跳出，我真的真的以為，我這輩子和他不會再有什麼交集……

應該是說，他不會主動和我有交集。

可現在他來得好突然，去了我曾經住過的地方，那裡就只有我媽去過，只是為了來哭訴她的小女兒頂撞她，而不是來關心我怎麼過日子。

我爸也一樣，來了，只是為了要我不計較那些事？

我的人生怎麼那麼廉價？被爸媽如此地不屑一顧。

我真的希望他們眼裡沒有我，都不要再有我，年輕的時候，我還幻想過我的父母會回頭想起我這個女兒，但日子一天天過去，期待變成折磨，最後我放過自己。

就乾脆以為自己沒有父母，我開始習慣當孤兒的日子，才覺得這樣也沒有什麼不好的時候，我媽就出現了；然後我都還沒辦法應付我媽，我爸也跟著湊熱鬧，到底為什麼？

我今年明明就沒犯太歲，到底為什麼有源源不絕的困境？

很快一天就過了，幸好工作可以拉走一些注意力，等藍一銘下課，我準備送他回花蓮，他卻拿過我的車鑰匙，「我先開，妳再開回來。」我沒有拒絕的機會，他已經上車了。

我只好坐到副駕上，他調整好椅子後說：「妳可以睡一下。」

「沒關係。」說好是我要接送他，現在又變成他開，我已經很不好意思了。

他沒有回應我，就是繼續開車。幾次我捏著大腿，強迫自己不要睡覺，還假裝自己很在狀況內，問他要不要下休息站去洗手間，他回我，「休息站已經過了。」

我只能嘴硬，「我是說下一個。」

他笑了一聲，很直接地吐嘈我，「沒有下一個，快到了。」

我只能乾笑帶過，假裝自己沒丟這個臉。

下了交流道，他愈開路愈小，我覺得莫名其妙，「我昨天來不是開這裡啊？」

「我要去別的地方。」他說。

我傻眼，什麼意思？我一直看他，希望他能給我一個解釋，但他沒理我，就是自顧自地開著。我實在忍不住，直白地說：「你要確定我等等自己開得出來。」這路我看連導航都不知道。

他根本沒理我。

然後在路的盡頭，我看到了光源，開近一看，才發現是間簡單的兩層樓房，裡頭傳來歡騰的各種吆喝聲，我整個人莫名其妙，還在擔心我真的不知道怎麼出去的時候，他居然下了車，還拿了我的車鑰匙直接進屋。

我一直喊他，「藍一銘，鑰匙還我！」但他就是當沒聽到，我氣到不行，跟著他進去，直接大吼，「藍一銘！」

頓時整屋子都安靜下來了，只有電視傳來的棒球轉播聲。

我尷尬地望著屋子裡的男男女女一圈，大家的興致被我打斷，他們都錯愕地看向我，還好藍一銘出聲了，他對著大家介紹，「我朋友，鄭海洋。」瞬間，氣氛又回到原本很嗨的狀態，大家輪流跟我打招呼，藍一銘拉著我就坐到中間去，我才剛開口想罵他，就有人拿了一杯東西塞到我左手上，笑得很親切，「來，我們家的小米酒特別好喝。」

我謝謝都還沒說完整，就被另外一個女孩塞了一雙筷子進我的右手，「快點吃東西，火鍋剛煮好。」

我點頭道謝，還搞不清楚怎麼回事，藍一銘就在我右邊低聲說：「樓上還有房間，妳吃完東西，睡一晚再回去。」

「不用，我明天還有其他工作……」我沒說完，他就幫我盛了一大碗的火鍋，拿盤子夾了烤豬肉和蝦子，餐盤堆得滿滿的，一點空間也不浪費。我無語地看著他，但他只對我說，「快吃！」

我很累，我真的沒力氣跟他吵，我只好吃起東西，見他們有些人專注熱切地看著比賽，有些人在聊天，有些人在喝酒划拳，原以為最後進來的我，會顯得突兀，但卻沒有。

突然藍一銘推推我，我好奇地看向他，他指指我的另一邊，我轉過頭去，發現一個大哥拿著酒杯對我，我嚇了一跳，連忙也拿起酒杯，他笑著問我，「豬肉好不好吃？」我連忙點頭，他笑著向我敬酒喝了一杯，我也喝了一口，然後又有另一個大哥問我，「海洋有沒有在看棒球？」

我搖頭，「我看不懂。」

「叫小金教妳啦！妳多吃一點嘿！」他說完，也夾了菜進我碗裡。

大家都把我當成這裡的一份子，那種理所當然的態度，好像我出現在這裡很正常，我不得不說，我瞬間卸下了心防，我好像離開了那個不舒服的世界，來到另外一個快樂宇宙。

我難得地喝完一杯小米酒，不懂大家在歡呼什麼，我好奇詢問藍一銘，「為什麼要開心？」

「因為我們安打了。」

「安打是什麼？」我再問。

然後他開始一球一球地跟我解釋，這是什麼球、現在我們是什麼狀況，我聽得有點模糊，但我看得懂比數，我直接問他，「所以我們一分，他們九分？」他點點頭，我直覺就說：「那就是輸啦！」

他轉頭看我，一臉堅定，「比賽都是九局上半，兩人出局後才開始。」

我根本聽不懂他在講什麼，但在我邊吃邊看邊觀察後，我似乎有點懂棒球規則，可是已經八局了，還是一比九，我都不忍心看了。不過所有人好像都還沒有放棄，甚至兩位大哥都激動得直接站起來，被大家取笑，「是老花喔！」「後面一點啦，屁股擋住了！」

兩位大哥被兩個年輕一點的弟弟拉回位置上。

九局上半，一人在二壘，然後高飛犧牲打推進到三壘。我想的是，再得一分又怎樣？

「二比九還是輸。」我好像喝多了，也忘記降低音量，頓時所有人看向我，我以為自己要被罵，但大哥說，「輸也要輸得好看啊！」所有人都猛點頭，藍一銘對我說，「才一人出局，等等搞不好全壘打，再連續上壘，我賭這個closer至少會失四分。」

幸好有其他人噓藍一銘，不然我會以為他說的是真的。

但沒想到下一秒，打者真的全壘打，瞬間變成三比九，大家的歡呼聲快把這兩層樓給喊破了。

所有人開心擊掌，接著就像藍一銘說的，投手連續保送兩名打者，然後再一支安打，又回來兩分，全部的人都大聲尖叫了，我不確定快十二點了這樣可以嗎？但不管了，我也激動得跟著叫。

然後又一支兩分全壘打，居然七比九了。

這不過是短短二十分鐘的事，我忍不住問藍一銘，「真的有可能反敗為勝嗎？真的會有奇蹟嗎？」

他一臉自信地反問：「為什麼不可能？」

我就這樣看著滿壘兩出局，緊張到不停喝著小米酒，接著看到場上的打者把球打穿二壘跟游擊手中間，再加上對方傳球失誤，就這樣三個打者回來，十比九。

現場所有人擁抱在一起，我感到前所未有的快樂，原來自己也是有福氣見證奇蹟的。

然後我就莫名失去意識了。

傳說中的斷片，我在自己身上見識到了。

再次醒來，我居然睡在藍一銘的大腿上，我整個人驚醒，頭痛到快爆炸了，發現自己還在客廳，有些人隨意打著地鋪，兩位大哥的打呼聲好像交響樂，我跟藍一銘則是睡在長椅上。

我抱著發痛的頭，不小心碰掉了桌上的東西，發出聲音，本來以為全部的人都會被我吵醒，但還好醒的只有藍一銘，他揉揉眼睛問我，「妳還好嗎？要不要再去樓上睡一下？」

我搖頭，只想問，「後來我們有沒有贏？」

他突然一笑，「有沒有贏這麼重要？」

「當然要贏啊，都十比九了！」

「那妳就當作贏了吧！」他這樣回我，然後起身跨過幾個人。

我忍著發疼的頭，跟著他走出去，低聲問：「什麼意思啊？到底有沒有贏啦？」

洗手間在外頭，他從小櫃子裡拿了乾淨的毛巾和牙刷給我，「妳不覺得昨天九上很好看嗎？」他邊刷牙邊問我。

我用冷水洗臉，不耐地看著他，「很好看，所以要贏啊！」

「那如果輸了呢？」

「不可能會輸的吧！」

「哪有什麼不可能的事。」他又重複昨晚的話，氣得我的頭更痛了，直接踢他一下。他錯愕地看著我，我自己也很驚訝，我什麼時候成了這麼粗魯的人？

他漱完口後對我說，「球場上看的不是輸贏，是過程，人生也是，幹嘛那麼在乎輸贏？如果自己曾經歷過昨天九上那種熱血澎湃，那最後輸了又怎樣，盡力過就好啦。」

「不要對我說教，我頭很痛。」我一說完，他突然把我拉向他，仔細打量我上次被打到的傷口。拜託，早就連痂都掉了，現在是在看什麼意思？

突然我在他身上聞到清新的香味，這才意識到我們有些靠近。

我連忙推開他，「傷口早好了，是喝太多那種頭痛……」

他這才露出一臉安心的表情，「早講，我有藥！」

趁他去拿藥，我趕緊梳洗，洗掉方才的慌張。才剛擦好臉轉過身，他已經拿著藥和水出現，再次和我超近距離接觸。我被夾在洗手檯和他中間，頓時覺得很熱，「你可以退後一點嗎？要這麼靠近？想數我皺紋？」

他接過我手上的毛巾，把藥放到我手上，但沒打算後退。我只好自己往旁邊移動，然後好好地把頭痛藥給吃了，接著對他伸手，他一臉問號，我沒好氣地說：「車鑰匙！」

他才理解過來，掏出鑰匙給我，「不休息一下再開？」

我搖頭，「不了，我要回去整理資料。」

他也不勉強我，只是點點頭，「下星期不用來載我，我有事要辦，前一晚就會回臺北了。」

「好。」說完，我轉身要走，但走到一半發現還有話沒對他說，我回頭看他，他還在原地目送我，我難得大聲說：「謝謝！」

他笑了出來，陽光灑在他的臉上，莫名好看。

日出，是這個樣子的嗎？

我不知道，我只知道一路開回臺北，我的心情並不差，腦海裡一直是昨天反敗為勝的畫面，我突然也不想知道輸跟贏了，能經歷那樣美好的過程，就像藍一銘說的，輸贏也不重要了。

我能反敗為勝嗎？對於那些似乎永不停止的折磨，至少能華麗撐過去吧？這樣就夠了吧！

雖然很多人都說，不要去想你沒有的，要想自己擁有的，就算什麼都沒有，你也還有自己。

如果要這樣算，我大概屬於偏寒酸的那一種。

我真的單薄，不管是我的身體還是我的心，都是那種風一吹，就好像會飛走的風箏那樣，和凌菲吵完架後，我知道我有一條線在她手上，我至少還有一個不離不棄的朋友。

然後藍一銘昨天對著那群人介紹我的聲音，莫名其妙在耳旁跳了出來，「我朋友，鄭海洋。」

他是不是也能成為拉住我的一條線？

我不知道，但我真的謝謝他昨晚那樣無理取鬧地把我留了下來，我並不愛熱鬧的地方，過去公司聚餐，能不去我就不去，去了在那邊陪笑，我覺得浪費時間和精神，那種時候愈歡樂愈孤獨。

可昨天不一樣，我完全不認識他們，卻莫名安心。

回到宿舍後，我換了衣服，稍做整理後，到前棟辦公室處理事情，雖然工作內容是安排課程，但其實細節和瑣事很多，有些老師上課會有特別要求，比如只喝可樂或是一定要有麥克風，或是講義跟器材的準備，這些都是我要事先去請行政人員幫忙的。

就在我整理下星期每堂課需要的前置作業時，突然有人敲門，我抬頭看去，是Avery，我很意外。她笑笑地問我，「忙嗎？可以進去嗎？」

我微笑點頭，Avery坐著電動輪椅進來，上下打量著我，我被看得有些昏頭，好奇地問：「怎麼了嗎？」

「沒什麼，覺得妳今天眼睛特別亮。」她真心讚美。

我有點不好意思地笑了出來，不習慣被稱讚的我，覺得有些尷尬。Avery也笑了笑，但總是欲言又止。我率先開口，「有什麼話要跟我說嗎？」一個念頭浮上腦海，我連忙問，「是妳上的哪堂課有問題？還是哪個老師妳不喜歡……」

Avery拉住我，阻止我繼續發問，「都不是，是我想請妳幫忙。」

我露出好奇的表情，Avery過了一會兒才緩緩開口，「我想幫桃花過一次生日，妳能幫我嗎？」

我愣住了。

基本上，寓所每個月都會舉辦一次壽星聚會，十五號定期在大交誼廳辦生日派對，讓大家開開心心吃東西、唱唱歌，所以我不懂Avery的過生日，到底是哪一種過生日。

我倒了茶給Avery，拉了椅子在她旁邊坐下，「妳希望我怎麼做？」

Avery笑笑地說：「其實我以為我是來這裡等死的，但沒想到能交到桃花這麼好的一個朋友……」她開始說起桃花婆婆的事。

桃花婆婆小學畢業就被送去工廠當女工，長大後，父母隨便幫她挑個人嫁了，沒想到嫁給一個窩囊廢，一年換二十四個老闆，什麼錢都賺不了。那時候桃花婆婆還要照顧生病的婆婆，她在有錢人家裡當清潔工賺錢貼補家用，回家繼續當看護，先生只拿過一、兩次薪水回家。

兩人還生了一對龍鳳胎，家裡的經濟狀況更是捉襟見肘。見丈夫沒工作，桃花婆婆便把兒女交給他照顧，自己負責出去多兼幾份工作，日子勉強過得下去。誰曉得沒過幾年，丈夫騎摩托車載兒女出去晃晃，一個沒注意路況，被大貨車撞上，丈夫和女兒當場死亡，兒子重傷造成發育遲緩，她一個人照顧婆婆跟有問題的兒子，心力交瘁，但每天還是很努力。

即便後來婆婆因病過世，帶著兒子生活的她，還是一樣吃力。兒子在學校被欺負，每天回來都帶著傷，去學校抗議也沒有人理她。後來兒子長大了，幾次亂跟路人說話，或是觸碰陌生人，都被人叫警察抓走，桃花婆婆經常都在工作地點跟警局兩頭跑。

社會局想幫忙安置，但桃花覺得自己對兒子有責任，始終不肯送走，她搬到更郊外的地方去住，靠著補助跟自己做點手工去賣，每次她到市區，都得邊道歉邊把兒子給鍊起來……

聽到這裡，我眼眶已經紅了。

我有點害怕再聽下去，但又無法制止已經開頭的Avery，只能繼續聽下去，就像是每個人的人生一樣，開始了就無法再回頭。

Avery繼續說：「後來有一次，她怕兒子會痛，綁得鬆了一點，沒想到等她回到家的時候，發現附近住戶都擠在她家門前，她衝過去一看，她兒子死了……」我整個人倒抽口氣。

原來桃花婆婆的兒子掙開束縛後四處亂跑，附近種田的大叔警告他快回家，這幾天漲潮，後山那條河水位比較高，但她兒子根本聽不懂也不管，就又跑走了，等大家要回家休息的時候，才發現她兒子溺水，趕緊把人給救了起來，但已經來不及了。

桃花婆婆因此自責不已，認為兒子的死和自己有關，也試圖自殺，但被救了回來。後來雪曼找上桃花婆婆，帶她來寓所住，但桃花婆婆心裡一直記掛著兒子，沒辦法接受自己在這裡享福，幾次偷偷跑走，不過後來都因為自殺不成，再次被雪曼姊帶回來。

我完全無法想像那麼活潑的桃花婆婆，居然比我想死……

Avery來寓所的第一天，正好碰到桃花婆婆被帶回來，那時Avery的手剛截完肢，還不習慣自理，「她這個人心軟，可能看到我一手一腳都沒了，吃個飯也不順利，就幫忙餵我，一直到現在，我能習慣自己吃飯了，她還總是會幫我擦嘴。我經常會想，要死之前能認識這樣的好朋友，真的死了也沒關係。」

「不要再說死了！」我忍不住脫口而出，Avery笑了出來。

我突然成了凌菲的角色，對於這樣勸誡別人的我，我自己都感到陌生。每次我覺得活得很膩，人生沒什麼意義，死了好像也可以的時候，凌菲總是會大罵我，「神經病，妳這種人就是標準的只說不做，真正想死的人早就去了，妳就是怕死，妳就是給我好好活著。」

我心裡總是不以為然，妳叫我好好活著，可是妳知道光是呼吸、光是走出去面對每個人，讓我的心有多累嗎？

原來，凌菲面對我的時候，是這樣子的感覺。

我真的覺得Avery跟桃花婆婆都要健健康康，然後像現在這樣親親密密、快快樂樂的才可以，她們值得這樣的生活啊！

Avery拍拍我，「桃花沒有過過一次生日，就連寓所裡辦的，她都不會參加，雖然她不說，但我知道那是因為她心裡對兒子還有愧疚，她不敢太快樂……不管我怎麼勸都沒有用，上次她不是突然急救了嗎？就是她故意不吃藥，我猜她又開始想兒子了……」

不敢太快樂？

當我在追求一點點快樂的時候，竟然有人在害怕自己會太快樂，而去阻止自己。想起桃花婆婆燦爛的笑容，我完全無法想像她過去承受的苦。

我好心疼她。

「妳想怎麼做？」我問Avery。

Avery馬上說出她的打算，「我想帶她出去吃頓好的，想找妳一起，人多熱鬧。」

我毫不遲疑地點頭。

寓所並沒有限制住戶外出，所有的人都享有自由，包括出門的自由，這裡是居住的地方，不是監牢，只是為了住戶隱私，不能帶人回來。

的確有些婆婆會固定外出跟外頭的朋友見見面，但也有些是完全不出去的，活在這世外桃源，她們就覺得夠了。

「要不是桃花陪著我，硬拉著我去上課，我可能也不會活得像現在這樣快活，我不怕死啊，我只怕沒時間去做我想做的事。」Avery語重心長地對我說。我突然對她感到歉疚，為自己過去一直很想去死這件事，對她和桃花婆婆覺得對不起。

我忍著心裡滿滿的情緒問Avery，「想吃什麼？我來訂！」

「要高檔牛排，最好有紅地毯的那種，我有錢，妳有朋友就盡量約，整場包下來也可以，我要大場面，大家都要盛裝出席，一起為桃花辦個派對。」Avery表情超級認真，眼神超級堅定，我真心覺得她沒有在跟我開玩笑，我要是沒預約到可以走紅地毯的牛排店，就是我的失職了。

我答應她，「好。」

但我萬萬沒有想到，啊，我就一個朋友啊，是還能約誰啦？

Avery把幾個她和桃花婆婆都可以的時段寫給我，我們互留了電話及通訊軟體的聯絡方式後，Avery被呼叫回房間，要做血糖檢測，所以先離開。

我馬上打給凌菲，問她有沒有空，她聽完我簡略的說明後，馬上答應，「隨時有空，妳不用顧慮我的時間，我老鳥耶，我開心什麼時候請假就什麼時候請。」

這樣就有四個人了，還有其他人可以約嗎？

我直覺想到了藍一銘，於是傳訊息給他，只是簡單地問他要不要幫Avery完成這個驚喜，他直接問我，「時間？」我把Avery給的時段提供給藍一銘，他選了兩個他方便的時間，「這兩天我可以。」

好的，我很棒，又多一個，而且藍一銘對桃花婆婆來說，算一抵十吧？她可是小金老師的狂粉。

就在我開始搜尋有鋪紅地毯的牛排餐廳時，我又聽到敲門聲，頭一抬，竟是桃花婆婆，我心虛得馬上關掉電腦螢幕，試著假裝自然地對桃花婆婆打招呼，「嗨！」

桃花婆婆大笑兩聲，「妳在看A片喔？」

「哪有！」

她笑著調侃我，「不然妳幹嘛這個臉？分明在做壞事！」

我真的是口乾舌燥、手足無措，只能努力擠出笑臉，「我在整理資料。怎麼了嗎？」

桃花婆婆走向我，然後從口袋裡拿出一千塊，塞到我手中，「幫我買東西。」

「買什麼？」我有些錯愕。

基本上，每一樓層都有管家服務，有需要購買又不想出去，又急著要的，管家都可以幫忙訂購或採買，會略過管家來找我，想買的該不會是什麼違禁品吧？

「不能買奇怪的東西喔！」我說。

桃花婆婆翻了個白眼看我，「幫我買馬卡龍。」

我整個表情就是一個字：蛤？

「妳要吃？」

「我要送Avery的。」

我馬上把一千塊還她，直接拒絕，「不行啦，Avery有糖尿病，怎麼可以吃這麼甜的東西？」

「是不能沒錯，但她喜歡啊！偶爾吃一個沒關係吧……」

我堅決搖頭，「不行！」然後一想，「妳之前是不是也偷渡過，結果被發現？」不然怎麼會來叫我買，馬卡龍又不是什麼違法的食物，一般來說，管家會幫忙採買，再不然自行網購也可以的，桃花婆婆會被禁止買這個，肯定出過事。

桃花婆婆神色一凜，馬上移開眼神不敢看我，我更加確定自己的推測沒錯，「所以妳之前真的買給Avery過？」她不說，就是默認，「妳都知道吃了有危險，妳還要讓Avery吃？」

「啊她最喜歡的就是馬卡龍了啊，她國外回來的耶。」

「重點不是這個，是她的身體不允許。」

桃花婆婆表情冷靜了下來，難過地點點頭，「也是，是我想的不夠周詳，我看她這兩天心情不太好，想說要讓她開心一點……」

我在心裡笑了出來，這兩個人，都在顧慮彼此的心情，覺得對方心情不好，就想做點能讓對方幸福的事。

而這樣為彼此著想的心，就足以讓自己感覺幸福了。

桃花婆婆一臉失落不已，我無法直視心情低落的她，突然一想，對著桃花婆婆說，「妳等我一下！」她先是一愣，但很快表情就一掃陰霾，面帶期待地對著我點點頭。

但其實我還是沒打算幫她買馬卡龍。

我只是打給凌菲，「我記得妳有個朋友在做手工餅乾，而且可以客製？」

「妳是說維芯嗎？」

「對！她不是開了間手工餅乾店，生意很好？」

「是啊，怎麼了？」

「可以請她做無糖無澱粉的馬卡龍嗎？可以讓糖尿病患者食用的。」

「哇哇哇，鄭海洋，妳在開玩笑喔？我這樣跟維芯說，最好她會理我啦，強人所難耶！」

我很認真地說了兩個字，「拜託！」

凌菲在電話那頭也靜了下來，最後深吸口氣，「好啦，使命必達，我去她店裡下跪。」

「妳可以捧著我的照片，陪妳一起。」

「我會被她老公趕出來，謝謝。」凌菲沒好氣地回我，「放心，一定幫妳處理好。先忙！」

凌菲掛了電話，我把一千塊還給桃花婆婆，「朋友願意幫忙，一定會給Avery最好吃也最沒負擔的馬卡龍，這樣好嗎？」

桃花婆婆感動地點著頭，點著點著，眼淚就掉下來了，我頓時手足無措，抽衛生紙給她，拉她到椅子上坐好，讓她稍稍平復飽滿的情緒。她哽咽地說：「很想為Avery做點什麼……」

我真的差點就說出「Avery也想為妳做點什麼」，這是什麼神仙感情？

「不管妳有沒有幫Avery做什麼，妳在她身邊就是最棒的禮物啊，妳們感情那麼好，很少看妳們誰落單，上課也一起，吃飯也一起，散步也一起，陪伴就是最棒的了。」

「就怕陪不久。」

「不會的，妳只要按時吃藥，就會好好的。」我看著桃花婆婆，希望她能讀出我真正的意思，但她只是面無表情地說：「吃藥吃得好膩，有時想想，乾脆不吃，讓老天爺決定我什麼時候走不就好了，勉強自己身體活下來，也不一定是好事。」

我不知道該怎麼安慰她，我可以體會桃花婆婆的心情。

我們都覺得活著才是真正對人生負責的方式，可是死亡就不是嗎？人出生後本來就要走向滅亡的，我們每天對自己信心喊話，今天也好好過，但今天過了還有明天，誰能保證每天都能好好過，尤其拖著辛苦的身體，到底要怎麼快樂？

我沒辦法跟她說「妳可以的，每個人都會生病，只要努力，就能撐過去」，因為現在我很健康，沒有多大的病痛，我無法體會桃花婆婆因為甲狀腺疾病，手抖到連筷子都拿不住的無力，也無法想像自己坐在輪椅上，只剩一隻手一隻腳，出門要忍受大家悲憫眼光的日子怎麼過。

因為沒有經歷那些痛苦，我無法大聲地安慰她們。

桃花婆婆一邊掉著眼淚，「Avery 一直過得很孤單、很辛苦……妳不要看她有錢，她應該是最寂寞的有錢人……」

換桃花婆婆感慨地說起Avery的事，我有些應接不暇，今天到底是什麼日子？我莫名成了聽來訪民眾故事的唐國師？可是星盤這些，我完全不懂，我給不了什麼建議，我不知道她的冥王星會走到哪裡？宮位幾度又會發生什麼事，她們盡情說的這一些，除了聽，我沒有別的能做的。

「Avery是從國外回來的……」桃花婆婆才剛開口，就又哭了，抽抽噎噎著。

原來Avery是豪門媳婦，後來跟著老公到美國工作，一直都沒有懷孕，有錢人家不能接受平凡背景的媳婦，更別說她還一直沒辦法生下繼承人，便要求Avery和先生離婚，先生再怎麼愛Avery，最後卻也只能放棄，給了她大筆的贍養費和兩棟房子結束婚姻。

深愛丈夫的Avery捨不得離開，從正宮變成了情婦，一直到先生的新太太生了小孩，丈夫就再也沒有去找過她，Avery終究還是被拋棄了。後來認識幾個男人，但都是為了她的錢，Avery心情也清楚，但太寂寞了，她當花錢排遣時間，從此對愛情再也沒有期待。

後來身體不好，被診斷出有糖尿病，她自己也算努力地控制，可是卻因為一次小車禍，腳跟手的傷口原本不大，卻因為沒有細心照料變成潰瘍，甚至是蜂窩性組織炎，最後搞到截肢。

Avery行動不便後，申請到了美蘭寓所的資格，她一生無子也無其他親戚，早早就把遺囑立好，她死了之後，所有財產都捐給寓所，Avery總是笑得十分開朗地告訴桃花婆婆，「反正年輕時該玩的都玩過了，現在能多活一天就算一天。」

「都這樣了，難道不能讓她吃個馬卡龍嗎？」桃花婆婆話鋒一轉，又跳回馬卡龍，我腦子根本都還沒轉過來。

「放心，一定讓Avery吃到。」

桃花婆婆看了我很久，才點點頭，「麻煩妳了。」

「不麻煩。」我說，只要我能做到的，一點都不麻煩。

桃花婆婆微笑看著我，「也不知道為什麼，總覺得跟妳什麼都能聊，Avery也常說，感覺好像很久之前就認識妳了，妳就是我們的家人。」我一凜，桃花婆婆捏捏我的臉，好心情地一笑，這才離開辦公室。

我這才有時間喘口氣，畢竟連續兩個人進來跟我說了這麼多的過去和祕密，我實在有點難以消化，想起剛認識她們的時候，誰能想到那樣笑容、那樣互開玩笑的背後，是她們經歷過一切後的坦然和接受。

我無法想像自己是桃花婆婆和Avery，比起她們的苦痛，我的辛苦似乎輕了許多，雖然還是難受，想起我爸跟我媽，我還是覺得憤怒生氣怨恨，但程度頓時減少了很多。

旁觀他人的痛苦，來審視自己，是安撫自己最有效的方法。

可是如果可以，這世界可以不要有這麼多的苦難嗎？

生而為人的意義到底是什麼？

我們到底要付出什麼去證明自己的一生？我不懂上天給的這些折磨到底要我們學到什

麼？不學不行嗎？一定要面對接受跟放下嗎？不能平淡一生就好？不能隨意過日子就好？

一定要經歷挫折、磨難、掙扎，才能理解這輩子自己為什麼是人？理解後呢？我要感到知足，感到慶幸，至少自己是人，這樣嗎？非得如此大費周章，花上幾十年來證明這件事？

我真心覺得老天很閒。

但我沒有抱怨的時間，我繼續努力要完成Avery給我的挑戰，找著餐廳，打電話去問，「你們能提供紅地毯嗎？」問完我自己都有點嘴軟，實在是太不好意思了。

終於，歷經兩個小時的努力後，我找到了一間無障礙空間，又能幫忙處理紅地毯的高級牛排館，訂好下星期的位置。

我有著排完整個月課程般的疲累感。

稍做整理後，我回到宿舍，本來期待會遇到雪曼姊，我想帶桃花婆婆跟Avery出門的事，還是得讓她知道一下，但沒想到她今天居然不在，宿舍就我一個人。

等我洗好澡、擦完乳液準備入睡的時候，我收到了凌菲的消息，「維芯可以幫忙，她說交給她。」

我鬆了口氣，才剛放下手機，手機又震動。

這次傳訊息來的人是我爸的老婆，「找個時間碰面。」

煩不煩？她幾次傳來關於財產分配的事，我都已讀不回，她要我放棄繼承，我也懶得理她，可她真的很堅持，甚至要約我見面？

我瞬間整個人又不好了，但想想昨天藍一銘帶我看的那場球賽，想想Avery跟桃花婆婆的人生，我深吸口氣面對我的危機，回傳給我爸的老婆，「直接說吧！」

但有些人就是得寸進尺，她還是想跟我見面。

於是我跟她約了後天晚上，但最重要的不是跟她碰面，而是我正好能去訂好的餐廳場勘一下，至於我爸的老婆就只是順便。

我真的沒有想要我爸的財產，但如果她再這麼煩下去，我絕對爭取我自己的權利，然後把那些錢都捐出去我也爽。

突然覺得，只有我受苦太不公平了，要互相傷害，我也是樂意的。

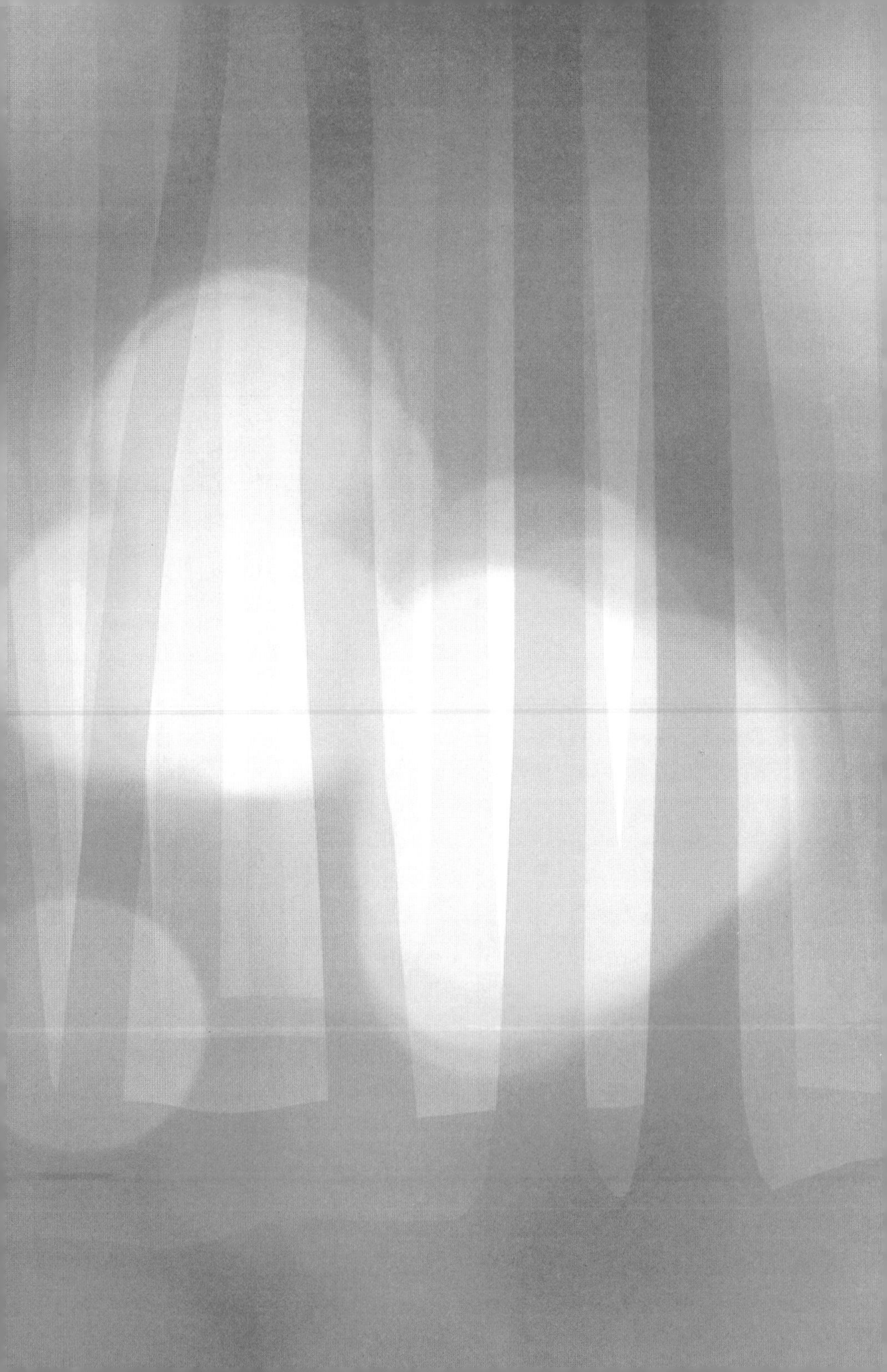

你是沒有隱私的，
全世界都找得到你，
他們理所當然地認為，
所謂的血親，
就是責任的開始。

## 可以期待，也可以期待受傷了。

我知道自己要去打仗，所以我全身戒備地走進約定好的地點，一眼就發現我爸的老婆就坐在角落，這兩天因為她的訊息，我的身體狀況就好像發燒一樣，全身都充滿怒火。

其實我從沒有把她當成仇人。

畢竟丟下我的人是我爸，即便今天是這個女人開口，但我爸照做了，那也是我爸的問題。至於我媽要恨她，那就是我媽的事。

對她有印象的次數，就跟我爸回臺灣的次數一樣少。

不過，我沒忘記第一次見到她時，是在奶奶的喪禮上，她長得很漂亮，看起來跟媽媽一樣，都像是個好媽媽的樣子，但她是不是，我不知道，可以確定的是我媽不是。

二十幾年過去了，她長相沒什麼改變，可能有花我爸的錢在醫美吧，以一個六十五歲的可以期待，也可以期待受傷了。

女人來說，她算是保養十分得宜，看起來比大伯母還年輕個十幾歲以上，所以美麗不只要靠保養，最重要的是有錢。

我深吸口氣，坐到了她面前。

她淡淡看我一眼，「要喝什麼？」

「不用，要說什麼直接說。」我沒想要浪費時間跟她喝茶，我等一下還得去餐廳確認訂位和菜單，順便付訂金。

「妳沒有盡過女兒的義務。」她說，我點點頭認同，「沒錯，那是因為我的父親也沒有盡過當父親的責任，所以呢？」

「所以財產妳不應該拿。」

「如果妳覺得我不應該拿，那妳又何必口口聲聲地說他是我爸，把我和他連上關係的人是妳，不是我！我有哪一次主動聯絡過嗎？沒有！而且我爸的財產是他的，他想給誰就給誰，一毛都不給我，我也不會講半句話。」

她憤憤地看著我，「就是因為他立了遺囑，他要把財產都給妳！」

「那妳去叫他改遺囑啊，為什麼是來叫我放棄？你們二十幾年夫妻，他為什麼不留給妳和妳的小孩？是不是你們之間有問題？妳想要的，妳自己去爭取！請妳不要再跟我聯絡了，我很困擾，畢竟我們的關係很尷尬，我沒有想討厭妳，也沒有對妳有任何敵意，可以的話，我們不要再見面了。」

她不能接受，在我面前痛哭失聲，「憑什麼！妳什麼都沒有做，就可以擁有全部？妳爸的財產是我跟他一起打拚來的，除了現在臺北這個房子是我跟孩子的，其他的他全部要給妳，妳到底憑什麼？」

其實我可以跟她說，我根本不想要，那這一切都會解決。

可是過去的我太痛苦了，當他們全家過著幸福快樂的日子時，我在大伯家每天演一個好孩子的戲碼。厭惡自己行為的那種感覺瞬間又湧了上來，他們每個人都用情感在霸凌我，我的靈魂碎片至今都還在撿。

我也希望她和她的孩子感到絕望，就像我曾經對人生無力一樣。

我不知道她有沒有錯，可是我爸造成的悲劇，只有我一個人承受太不公平了，如果都不能同時幸福，那就大家一起得不到救贖吧。

我起身對她說：「對我哭沒用，找妳先生要吧。」

然後轉身離開，走出咖啡廳，我並沒有因此而撿回一塊靈魂，相反地，我心情更加沉重，我又開始檢討起自己，我是不是不應該這樣子？我是不是要善良一點、更寬容一點、更不計較一點？

奶奶說吃虧就是佔便宜，勸我不要怪父親把我丟在臺灣，畢竟要真的融入新的家庭也不一定好過，「妳就好好住這裡，自己好好長大，妳就當自己沒有父母的緣分。」

可是奶奶，我何只沒有父母緣，我連親人緣、愛情緣……都沒有啊！

我收拾心情，眼前解決不了的事，就先放到一旁，處理我能解決的。我走到停車場，正想上車，突然聽到熟悉的聲音，轉頭過去，居然看到楊家祥跟堂姊在路邊拉拉扯扯。

臺北有這麼小？

這是我當下最深刻的感受。

我本來想當沒看見，直接上車，但見堂姊甩不掉楊家祥，我最後還是忍不住走過去，站在旁邊清清喉嚨，他們聽到聲音，轉頭看到是我，都嚇了一跳。堂姊看到我劈頭就問，「這爛人跟妳分手的時候，有把送的東西要回去嗎？」

「他沒送過我東西。」我直接說。

「他現在要我還他一起買的對戒，我也有出錢，我為什麼要還他？」

我看向楊家祥，他要面子又緊張地說：「那對戒一萬二，我出一萬，她難道不應該還我嗎？」

我看了堂姊手上的戒指一眼，問她，「分手了，妳還想戴？」

「為什麼不戴？這好歹也是有品牌的，都送人了，哪有要回去的道理？超沒品，妳當初就不應該放生他，害我去認識這種爛男人！」堂姊居然甩鍋給我？但這理由是不是太牽強了？

「怪我幹嘛？怪我們姓鄭的眼光都很差吧！」我說完，從錢包裡抽出四千塊給楊家祥，「這樣可以了嗎？一人一半，你還想要什麼？」

堂姊生氣地要我收回錢，「幹嘛給他錢？這對戒也是他提議要送的，我就是故意不還他！」

楊家祥一聽，馬上抽走那四千，我問他，「還欠你什麼？吃飯的錢要不要算？約會油資要不要算？還是要回去問媽媽？」他冷冷看我一眼後，轉身離開，堂姊還想去拉他，把錢要回來，但被我阻止。

她生氣地吼我，「妳幹嘛給他啊！賺錢不辛苦嗎？」

「辛苦死了，所以你們幹嘛在我看得到的地方吵架？沒看到我就不會管！」說完，我轉身就走，正要開車門的時候，堂姊又關上我的車門，然後欲言又止，我就靜靜看著她，「我還有事要去忙，妳不要鬧……」

我還沒說完，她就對我說一句，「對不起。」

我錯愕，堂姊是獨生女，大伯、大伯母向來就很疼愛她，她對他們講話也是沒大沒小的，不過不至於太過分。這個被寵大的孩子，要什麼有什麼，一向高姿態的人，居然跟我道歉。

這是要折我的壽了嗎？

「對不起什麼？」

她很認真地回答我，「絕對不是因為我打妳那一巴掌才道歉，那個妳真的對不起我！交往過為什麼不講？妳早點講，場面也不會那麼難看，所以我不會因為打妳感到抱歉。」

「然後呢？」

她深吸口氣，「我要澄清！我不是真的完全不想跟妳同一間房，我只是想要有自己的空間，那時剛交了男朋友，想要隨時在房間可以講電話，所以才會跟爸媽鬧，那時候年紀小不懂事啊，妳也知道我個性就這樣……我真的不知道妳會聽到，我沒有討厭妳……」

她愈說愈小聲，我卻整個人愣在原地，她又繼續說：「我知道我爸媽拿了很多叔叔的錢，但他們也是真心疼妳的……我現在說這些妳可能都不會相信，但是妳仔細想想，我爸跟我媽從來就沒有給妳臉色看過，不是嗎？」

「難道不是因為我本來就很乖嗎？我也沒有需要他們操心的地方。」我淡淡回應，堂姊愣了一下，又開口說了一大串，「所以他們也對妳不差啊！真正的壞是拿了叔叔的錢，還讓妳沒東西吃吧？但妳住家裡的時候，我們有餓過妳一頓嗎？我們真的不知道妳會這樣想，我更沒有想到妳會聽到我說的那些話，讓妳心裡誤會這麼久……」

「都過去了，不重要了。」我說。

「什麼不重要，我媽打妳手機都不接，傳訊息妳也不回，她很難過耶，她連想要跟妳解釋都沒有機會！」

我不知道該說什麼，堂姊很生氣地推了我一把，「鄭海洋，妳不會這麼沒有良心吧？不把我們當家人了？我只有妳一個妹妹耶！小時候無理取鬧的氣話，妳不會真的要這麼計較？到底要怎樣妳才會不生氣，我媽很難過耶！」

「妳跟大伯母說不用難過，我現在真的也沒有怪誰，終於能把心裡的話說出來，也讓我很開心。但不管是不是誤會，吵完一架，心裡總是會有疙瘩，要我馬上再回到原來那樣子，我也做不到，但是，我會解除封鎖，至於能不能再當親人，就看緣分吧。」說完，我也推了堂姊一把。

她一臉驚愕、沒想到我居然會動粗的表情，我只是平靜地說：「那巴掌我不跟妳計較，但妳剛推我的，我要還妳，為了討好妳，什麼圖書禮券我都留給妳，我也對妳很好，我沒有欠妳。」說完，我給她一個微笑，「希望有機會再見面的話，我們就不要再動手動腳了。」

她這才消氣了一點，然後突然問，「妳覺得有可能是爺爺奶奶靈骨塔的位置不好嗎？怎麼我們兩姊妹的戀愛運這麼差？」

「妳可以去跟奶奶擲筊。」說完，我上車發動引擎，準備離去。堂姊回神在我旁邊敲著車窗，我將車窗往下按了一點，堂姊氣呼呼地說，「不是啊，妳就不能送我一程嗎？最近的捷運站也好啊！鄭海洋，妳怎麼變得這麼小氣啊？」

「對，我就是這麼小氣。」我直接把車窗關上，看著她站在停車場中間氣噗噗一臉想揍我的表情，我笑了出來。

我往預訂的餐廳方向開去，想著堂姊跟我說的一切，我在想，如果當初她吵著說討厭我、要分房的時候，我就跳出來說話，今天這些誤會是不是在那個時候就能解決？

是我畏懼紛爭，是我不夠勇敢，害怕面對真相。

所以十幾年後才發現，這一切怎麼跟自己想的不一樣，堂姊其實一直都沒有變過，此時此刻，她還是無理取鬧得理直氣壯，而我自己這十幾年來，當了無辜的小媳婦，真像個瘋子。

我開始有些錯亂，對於時空、對於過去，所有人各自解讀，在在讓我覺得自己好像那天喝了小米酒的樣子，很茫、很茫然。

但我一樣選擇專注眼前。到了牛排餐廳，和店經理商討了一下，他留了角落的位置給我們，並會在經過的走道上為我們鋪上紅地毯。我把兩個婆婆的身體狀況誠實告知，Avery有糖尿病，而桃花婆婆是甲狀腺疾病，並且還患有高血壓，偶爾也會有心律不整的狀況出現，希望能特別幫她們設計不至於太負擔的料理。

店經理根本就是天使，他每說一句沒問題的時候，身後都在發光。

我付完訂金要離開時，意外撞上進來的客人，我急忙道歉，但抬頭一看，發現對方居然是藍一銘的妹妹，藍品潔。

她也馬上就認出我，我尷尬地說聲嗨，打算想離開時，她從後頭拉住了我，我有些意外，但很直覺地就是先說一聲，「對不起！」替凌菲道歉。她只是冷冷打量我一眼，她的眼神之銳利，讓我有些害怕。

明明就感覺小我很多歲，但我很想喊她一聲姊。

那個態度、那個氣勢，根本就完全不像藍一銘。

她很聰明，知道我的對不起是為了誰說的。她把包包跟外套脫下，交給櫃檯的服務人員，很明顯是這裡的熟客，甚至是ＶＩＰ。我眼前的她，露出姣好的身材，而我大概可以理解為什麼她老公外遇會找凌菲，品潔感覺太有侵略性了，而男人需要找個可以放鬆、舒服的慰藉。

那個最適合當老婆又不吵不鬧的凌菲才會被盯上。

藍品潔一臉不以為意地說：「別做需要道歉的事不就好了？」她直接嗆我，說的也不是沒道理，但我也只能盡量替凌菲說話，「是非對錯永遠都是結果論，可是過程呢？誰沒有瑕疵？妳沒有嗎？」我反問她。

她和她先生之間也有問題，我沒替出軌的男人找藉口，他們因為軟弱，所以才做不了決定，離不了正宮又放不下小三，就是個廢渣，但兩人既然有婚姻關係，在法律面前，她老公就不該劈腿，一切的錯誤會繼續下去，不就是因為她老公？

搞得兩個受害的女人吵成一團，合理嗎？

「現在是檢討被害者？」藍品潔靠近我一步問。

「我沒有要檢討妳的意思，我只是想表達，凌菲知道自己錯了，也很快地做出選擇，當然這不代表妳沒有受傷，可是凌菲也很痛苦，我只希望妳們都可以快點好起來。」我說完，藍品潔笑了出來。

「妳吃到我哥口水喔？這麼大愛，交往多久了？」

她突然這樣問，我嚇得驚慌失措，「我沒跟妳哥在一起，我們是同事關係大於朋友關係多一點。」

「沒事，反正你們早晚會在一起的。」

「什麼意思？」

「妳在我眼中，就跟我哥是一樣的人。」

我真的愈聽愈不能理解，「我跟藍一銘一點都不像，我沒有他那麼熱愛生活，也沒有他對所有事情的灑脫，更沒有他隨時隨地想幫助人的義氣……」我說到一半，看藍品潔一直上下打量我，露出令人想握拳頭打她的笑容。

「妳說的很好，繼續啊。我哥就是這樣子的人，妳都這麼清楚他的優點了，怎麼可能不愛上他？我哥也不是隨便的人，他是善良，但沒有濫情，他有很多女生朋友，但唯獨看妳的眼神不一樣，這騙不了人的！妳對我哥也應該滿有興趣的吧？我先說，我不是那種因為妳朋友攪進我的婚姻生活，就連妳也討厭，我沒那麼小氣……」

我快嚇瘋了，馬上制止她再繼續說下去，都快變成真的了！「藍一銘的確是很好的人，也是朋友，但我目前沒有想那麼多。」

「以後可以想啊，也沒逼妳現在，但如果妳可以好好愛我哥，我會很感謝妳，就算是孤兒也能有幸福的權利吧？」

我整個人都糊塗了，「他怎麼會是孤兒？妳不是他妹嗎？」

「我是啊！但只是名義上的妹妹，我們沒有血緣關係，貞恩阿姨是我媽的好朋友，我們小時候就住在一起，後來貞恩阿姨生病過世，我媽領養了我哥，我們就變成兄妹了！」

「那爸爸呢？」我這句問得膽顫心驚。

「老哥根本不知道他爸是誰，貞恩阿姨來找我媽的時候，已經帶著哥了，我媽說她怎麼問都問不出來，一直到貞恩阿姨過世，她都沒有透露誰是哥的爸爸。」

「藍一銘沒有想過要查嗎？」

「有啊，但怎麼查？貞恩阿姨也沒有其他兄弟姊妹，就我媽一個好朋友，沒有人知道貞恩阿姨是出了什麼事，才來找我媽的。但反正不重要啦，我哥就算沒爸爸不也過得不錯，我沒爸爸也很好啊，有錢就好了！」

是啊，有錢就好了，這點我完全無法反駁藍品潔，但今天的訊息量過大，已經讓我快要無法負荷了，我只能深吸口氣，對藍品潔說：「妳去找朋友吧，我要先走了，還得趕回去工作。」

「ＯＫ！」她爽朗一笑，原以為要分道揚鑣的時候，她又突然跟我借手機，我不疑有他，把手機交了出去。不料她滑到凌菲的電話，直接按撥出，這一瞬間，我整個人都不好了，我快嚇瘋了，嘴巴不停分泌唾液，覺得要發生大事了。想搶回我手機時，電話已經接通了。

藍品潔對著電話那頭的凌菲，說得坦承而直接，「我沒有怪妳，都是那個渣男的錯，是我沒把家裡的狗給栓好，還讓他出去咬妳，妳過好妳的日子吧！」

她說完秒掛電話，把手機還給我後，踩著高跟鞋走進包廂。

我整個人冷汗直流，不出意料，下一秒凌菲就打來了，也是完全摸不著頭緒，「現在到底是怎麼回事？」

「我真的不知道，今天好像中邪了一樣……」我邊走回車上，邊開車回宿舍，邊和凌菲講著剛剛從碰到堂姊開始發生的所有事。她在電話那頭沉默了很久，安靜到我以為她掛了，「妳還在線上嗎？」

我一問完就聽到她哽咽地說：「其實，好像也沒有那麼糟糕對吧？」

我笑了笑，「好像是這樣。」

於是，凌菲陪我聊著天，直到回宿舍。

進房間的第一件事，便是解除了大伯、大伯母和堂姊的封鎖名單，沒想到才脫衣服要去洗澡，大伯母就傳來訊息，「海洋，我剛才聽佳容說，妳們有碰到喔，她怎麼沒帶妳回來吃飯？那個……過去的事，我們是真的很對不起妳，可是我也有努力把妳當自己小孩疼……」

我本來不想理，但最後還是拿起手機回覆，「那為什麼你們三個都偷偷出去吃好料，從沒帶上過我一次？我總是自己在家吃泡麵？」

大伯母傳來乾笑的表情貼圖，「因為錢不夠啊，不然我們也想帶妳去吃漢堡，我跟妳大伯也是看著佳容吃的！對不起啦海洋，當媽媽的本來就會偏心，但不代表我不疼妳，而且妳搬出去之後，我們就有叫妳爸自己跟妳聯絡、拿生活費給妳，我們再也沒有拿妳爸的錢了！」

「讓我靜靜。」最後我只回了這樣，然後大伯母就沒有再傳訊息來。我好好地洗了個澡。所以最後問題再次回到我父親的身上，他知道我搬出去住了，卻沒有半則訊息關心，所有的學費生活費全靠自己半工半讀，當然我並不認為父母就該負擔子女的大學學費，那是我的人生沒錯。

但至少，至少至少，可以來通電話，問我還好嗎？

顯然是沒有的，否則我跟我爸怎麼會走向這樣的冏境。

不知道為什麼，我突然很想跟藍一銘講講話，他也好慘，但他從來就不像活得很慘的樣子，我以為自己在這整個宇宙裡已經很孤獨了，可他也沒有好到哪裡去，為什麼都得要發現別人日子也不好過的時候，才會覺得自己其實也不算太難？

到底為什麼都要靠別人的痛苦來安慰自己？

這好自私！有這種想法的我，覺得自己很自私。

我忍不住傳了「對不起」三個字給藍一銘，然後去吹頭髮，整理好之後，我已經全身無力了，躺回床上，倒頭就直接睡翻。隔天去前棟工作時，看到藍一銘臉色難看地瞪著我，我這才發現，啊，一個星期又過了，怎麼這麼快。

還好他有事先交代他這次要自己來，不然我根本就忘了要去載他。

我尷尬地笑笑，拿出我的勇氣對他說：「幹嘛臭臉，你自己說你這星期要自己來臺北的啊！」

他冷冷地看著我，「看妳的手機！」

我拿出手機一看，有幾通未接來電，他打的，然後他大概傳了十幾則訊息給我，「幹嘛說對不起？」「接電話啊！」「幹！現在是怎樣？」「妳不會又在那裡要死要活了吧？」「鄭海洋！接電話！」

看著他的訊息，我乾笑兩聲，「我睡著了。」

藍一銘眼睛在冒火，那火快燒到我了。

「放心好嗎？我絕對不會再做傻事了，絕對不會！」

他打量我一眼，「嗯哼！因為妳發現我比妳可憐是嗎？」

我愣了一下，他直接解答，「我妹不是什麼都說了？」

「你怎麼知道？」

「我妹是藏不住話的人。」

我理解地笑了笑，但還是澄清，「我真的沒那樣想……」

「但妳還是那樣想了，不過沒關係，我一點都不在意，如果妳真的覺得身為孤兒的我，讓妳體會到妳還有家人，雖然感情沒有那麼好，但至少妳比我幸福很多的話，那妳就感到開心吧！人本來就是這樣的，沒有什麼好對不起的，能夠讓心裡好過，那才是活著的感受，就像我為什麼去花蓮教那些孩子，也是因為我覺得比起他們，我幸福很多，所以我能給的，我就盡量給，那樣我也會快樂。不要為了身而為人所擁有的任何一種情緒感到抱歉！就像幸災樂禍、落井下石好像很不好，但就像看到討厭的人吃屎，心裡就會特別好過一樣，這有錯嗎？一點也沒有。」

他突然的長篇大論，我吸收不及，最後他下了個總結，「人生就是，妳沒有妨礙到別人，妳爽就好！懂？」

我好像懂又好像不懂，但還是點了點頭，忍不住問他，「你不想找你爸媽？」

「以前很想，現在不想了，人生過了一半，變老的好處就是凡事會看得比較開，或許我們早就在某個地方擦肩而過，我這輩子跟他的緣分就只有這樣，那也就夠了，我不貪心。」

我看著他，一句話都說不出來，他繼續對我說：「太努力也是一種貪心，適當努力就夠了，人活著也只需要為自己努力就可以了。」

他說完拍拍我的肩，像個老人似地給我鼓勵，「好了，我要去備課了。」接著他轉身離開，而我則回到辦公室，想著他說的每一句話，忍不住笑了。

看了一下學員名單，桃花婆婆跟Avery都有上他這堂課，我忍不住去教室偷看上課狀況，已經跟Avery確定好幫桃花婆婆過生日的時間就是明天晚上，全都照她吩咐的準備了。

她似乎感應到我的視線，轉過頭來，和我對上眼，給我一個溫柔的微笑，然後用唇語說了，「謝謝。」

我給了她一個拇指愛心，正巧被藍一銘看到，他突然朝我，用雙手在頭上比了個愛心，瞬間所有人都看向我，我頓時臉紅心跳，桃花婆婆還虧了一句，「年輕真好。」

我趕緊逃，邊逃邊覺得好笑。

巡了上課狀況一輪之後，我遇到了雪曼姊和Elva，她們好像正要外出辦事，我頷首朝她們打了招呼，想到要帶兩個婆婆外出，我還是忍不住上前跟雪曼姊說一聲。聽完我的話後，雪曼姊只是笑笑點頭，「知道了，玩得開心點。」

「好。」我簡短回應，目送她們離開時，雪曼姊突然回過頭對我說：「妳知道人不管做什麼都有代價的吧？」我瞬間一凜，雪曼姊繼續說：「付出感情也要付出代價的。」

雪曼姊說完就帶著Elva離開，留下不明白她這番話用意的我，很想叫她直接講大白話，但想想還是算了，我怕連大白話我這資質都聽不懂，在老闆面前藏拙是件多重要的事啊！

於是，我又繼續去忙，然後一整天的課上完，我在辦公室整理今天的上課評鑑資料，藍一銘突然敲門進來，把通話中的手機交給我，我一臉莫名其妙，「幹嘛？」

「妳接就是了。」

為了不讓對方等太久，我只好接起電話，「你好，請問是……」

「海洋嗎？我是品潔，我哥說你們明天要幫寓所的奶奶慶生？」

「對啊。」

「我也要去！我的費用我可以自己付。」呃，重點不是錢啊。

「但是凌菲也會去。」這才是最可怕的地方。

「所以呢？」她反倒這樣問我，我腦筋頓時一片空白，品潔繼續說：「我都不介意了，她應該也不會介意吧？我不是說我沒怪她了？她不會那麼小心眼吧？還是內疚感一堆？那這樣剛好，我去開導她！」

什、麼？

我抬頭看向藍一銘，他聳聳肩，也一臉沒辦法的表情。

「但位置已經訂好了……」

「我跟經理熟，加張椅子就行了。」品潔說到我無法再拒絕。

「好啊，那一起！」我剛說完，藍一銘就用非常錯愕的眼神看著我，我沒理他，繼續跟品潔溝通，「那明天晚上見喔，不能跟凌菲吵架，妳要答應我。」

「怎麼可能吵架，我比較想約她去殺高振宏好嗎？拜！」品潔像風一樣，刮起一陣沙就走了。

我把手機還給藍一銘，他卻好像不太能接受，「我以為妳會拒絕她。」

「我？」我指著我自己，然後笑了出來，「藍一銘，我以為你知道我有多無能耶，怎麼覺得我贏得了你妹？連你都搞不定了，還要我出面？基本上就是跟放棄一樣了好嗎？」

他點點頭，「說的也是。品潔個性就是很衝，每天橫衝直撞的，我跟我媽……就是她媽都把她保護得太好了，所以才會這樣。」

「很好啊，我覺得很真實，挺可愛的。」

他直接在我面前翻了個大白眼，然後說起品潔的爸爸也因為出軌，丟下她們母女，那時候品潔媽帶著品潔，而他媽帶著他，四個人一起生活，兩個媽媽擺攤賣衣服，日貨正盛，賣到開了店面，接著在最賺錢的時候把店整個盤給別人，他們就用那筆錢去買房子跟投資。就這樣，在最好的時機做了最適當的理財，所以品潔從沒有工作過。

會認識高振宏也是因為品潔媽扶輪社的朋友介紹，高振宏家世背景不錯，長相帥氣又幽默，品潔一見傾心，兩人交往半年就結婚，可高振宏後來有些受不了品潔的大小姐脾氣，偶爾會跟藍一銘抱怨，他也會幫忙勸著，只是沒想到高振宏會用外遇的方式來紓壓。

我其實一點都不在乎高振宏，我只是想問藍一銘，「所以你也是不用工作，就能過日子的人？」他直言不諱地點了點頭，我真的好想把桌上的文件都往他臉上砸，所以我在可憐他什麼？我還在慶幸自己比他幸運一點？

我好像白癡，我還是個為錢奔走的社畜，怎麼會去同情一個有錢人？

「你可以走了。」我真的不想看到他。

他笑了出來，「幹嘛？妳是在仇富嗎？」

「仇你啦！出去！」我氣得把他推出去，他在走廊大笑，神經病。

但最神經的是我，我也在辦公室裡笑了，不過很快就打起精神做最後的整理，然後回宿舍準備好明天要穿的衣服，Avery還給了個dress code，白色加金色，我翻了很久，才找出一對玫瑰金的耳環，浮誇的東西我還真的沒有。

整理好後，我的手機來了陌生電話，我猶豫一下後接起來，對方有些無奈地說：「妳是淑芬的女兒嗎？」

「請問妳是？」

「我是鄰居，妳弟弟剛剛在吼妳媽，吵到整個社區大家都沒辦法休息，還搞到報警。妳有空勸勸妳弟弟啦，最近這樣大吼大叫的，我家還有小孩耶……」

「讓警察處理就好了，找我也沒辦法。」說完我掛掉電話。我真的不明白，這些人怎麼會有我的電話？鄰居？我連那棟房子都沒有進去過，哪來的鄰居？

下一秒，我媽打來了，我沒接。

我沒有心情也不想安慰她，撒旦是她創造的，她要自己負責消滅。

我閉上眼睛，原以為我會睡不著，但沒想到我不但睡了，還睡得很甜，果然人就不該拿別人的行為來處罰自己，我在這裡發誓，我鄭海洋再也不要因為我爸或我媽而感到痛苦了。

就算他們的行為傷害我，我也不要痛苦了。

一覺醒來，我打起精神整理好一切後，到前棟去工作，就看到桃花婆婆陪著Avery在庭院裡散步，兩人感情好地笑笑鬧鬧。Avery對我使了個我們之間才知道的眼色。一進辦公室，就看到一盒大禮盒在我的桌上。

是Avery放的，要給桃花婆婆今晚穿的禮服，我的任務則是在下午四點的時候，讓桃花婆婆來到我的辦公室裡換上，然後替她化好妝，準備參加晚上的派對。光想我就覺得期待。

我的人生，似乎沒有這麼期待過什麼。

可想到桃花婆婆開心的模樣，我就忍不住開心。

抱著這樣的好心情，中午休息吃飯時間，跟藍一銘討論學員學習狀況的同時，也說到晚上派對的事，他會先回家換衣服再去接品潔，我提醒他dress code的時候，他直接拒絕，「我不想做這麼蠢的事。」

我沒好氣地瞪他，他也不理我，吃完飯就走。

我先回到宿舍拿了化妝包，還有我的衣服跟高跟鞋回到辦公室，邊工作邊注意時間。四點整，辦公室響起敲門聲，是桃花婆婆跟著Avery進來，一邊抱怨著，「人家海洋就在上班，是要來這裡聊什麼天啦……」

這時的我，已經化好妝換好衣服，桃花婆婆見我一身白洋裝，嚇了一跳，「妳穿那麼漂亮幹嘛？這裡都老太婆了，沒有人要看啦！」

我笑了笑，拿出Avery準備的禮盒，「桃花婆婆，妳也要換衣服，晚點我要帶妳跟Avery出去混。」

「混什麼？」

「混信義區。」我說。

Avery演起戲來，「真的？我好久沒出去玩了，妳真的願意帶我們兩個老人出去？」

「趕快換衣服吧！」我催促著，桃花婆婆猶豫起來，讓她不能拒絕的方式就是先幫Avery換衣服，這樣桃花婆婆為了Avery，就算再不情願，也會勉強出門。我幫Avery化好妝後，桃花婆婆還是覺得不妥，「不好啦，妳一個人帶我們出去太累了，還要搬輪椅，我還要固定時間吃藥……」

我拿出從護理師那裡拿的備藥，「都幫妳準備好了。」

Avery楚楚可憐地說：「走啦，陪我去啦！我這斷手斷腳的人都願意去了，妳不去，那我也不要去了。」

桃花婆婆看Avery失望的樣子，只好勉強答應，「好啦好啦，但不要太晚回來，坐個車可以期待，也可以期待受傷了。

晃一圈就可以回來了啦！」

我和Avery同時回答，「好。」

然後像玩洋娃娃一樣，開始替她打扮起來。

很快地，我們就全都準備好，桃花婆婆傻愣愣地看著自己這輩子從來沒有穿過的裝扮，不自在地拉啊拉，「出去走走有需要穿這麼誇張嗎？」

Avery笑說「難得啊」。

於是我開車載著她們來接凌菲，上車後，她們互相介紹，很快就聊了起來。車上的氣氛歡樂，電台播著五月天的出道曲，桃花婆婆聽著聽著，突然掉下眼淚，我們所有人手足無措，尤其Avery。

Avery用僅有的一隻手摟著桃花婆婆安撫，「怎麼好好的哭起來了？」

桃花婆婆努力收拾情緒，哽咽說：「我兒子以前都會哼這首……」

那天Avery告訴我的關於桃花婆婆的故事又閃過我腦海，想起她對兒子始終充滿自責，我忍不住看了一眼後視鏡裡的桃花婆婆，問：「想去看看他嗎？」

眾人錯愕之中，我把車停到路邊，回頭又好好地問一次，「我們陪妳去看他好嗎？」

桃花婆婆看著我，這是我第一次從她的眼睛，好像看進了她的心……

誰都不能阻止我，
誰都不能勉強我，
從現在開始，我的所有，
我說了算。

## 危機就是危機，但只有面對了，才會變成轉機。

凌菲接手開車，我傳訊息給藍一銘，簡單地跟他說明狀況，他很快就回了訊息，「妳們去，品潔跟餐廳經理熟，訂位部分不用擔心，我跟品潔等妳們來。」

「謝謝。」從認識他開始，我不知道講了幾百句的謝謝了。

每一次都是無比真心。

桃花婆婆給我們報路，可是有些路早已經拓寬又因為建設而消失不見，我們幾乎是在郊區繞圈圈，幾次路又錯，桃花婆婆又不停道歉，我們就不停地安撫她，最後她真的放棄了，「算了，別去了，兒子可能不想見到我……如果我當初有聽社會局的話安置他，搞不好他就不會死了……」

Avery頗為不認同，「什麼話啊，傻不傻呀？妳乾脆說如果我們都沒有出生，就不會遇到這些事了。」

突然桃花婆婆指著一個貼著「天國近了」的路燈，「我想起來了！這個路燈下一個路口左轉！」

凌菲迅速地照著指引開車，天已經黑了，路又不平，我其實擔心的是兩位婆婆這樣顛簸搖晃，身體會很不舒服，不時觀察她們的氣色，我得安安全全地把她們帶回去才可以。

最後，我們終於看到不遠處的一間破舊矮房。

「就是那間，我們以前的房子！」桃花婆婆激動地說著。

我和凌菲對看一眼，心疼不已，我們都不認為那間稱得上是屋子。

下車後，凌菲協助我幫忙讓Avery坐上輪椅，我們拿出手機當手電筒，照著小路，桃花婆婆走在最前頭。當年兒子火化之後，因為沒錢安置他的骨灰，她只能把骨灰灑在屋子後的一棵樹下。

「我兒子最愛爬到這棵樹上吹風了。」桃花婆婆看著眼前的大樹，對我們說道，然後突然很不確定地轉過頭來看著我們，「他應該會喜歡這裡的對吧？」桃花婆婆哽咽起來。

我們也頓時心酸不已，無法回答，我看到Avery眼淚已經掉了下來，過去為她擦去眼淚。

桃花婆婆緩緩走到樹下，蹲下撫著樹根旁的泥土，終究忍不住掉下眼淚，「媽媽來了，你還記得媽媽嗎？是媽媽啊……」凌菲也哭了，我安慰地拍拍她。接著桃花婆婆不顧自己一身打扮，跌坐在地痛哭出聲。

哭的是不捨、是懊惱、是思念、是自責。

我如果是桃花婆婆，應該也會跟她做相同的抉擇，如此心痛，怎麼活得下去，每個人都會有想著「啊，我為什麼要這樣活著」的時候吧，我可以理解那種不想活的絕望。

這麼想念兒子的她，是不是活得很勉強？她的笑、她給其他人的溫暖，是不是都在勉強她自己？她得正面樂觀，她得假裝自己活著是有意義的，這樣才能夠把日子過下去？

我上前抱住桃花婆婆，拍著她的背，我說不出那種「兒子一定希望妳能好好活下去」的話，死去的人就是死了，他的任何意志都是我們強加上去的，他早就消失在這個宇宙裡。我更沒辦法叫她放下，我沒經歷過她的椎心刺痛，如何隨口叫人原諒？

我只能抱住痛哭的她，「有什麼想為妳兒子做的嗎？」

桃花婆婆看向我，點了點頭，「我想跟他說說話。」

於是我和凌菲帶著Avery到另一頭，把空間留給桃花婆婆和她兒子，只見桃花婆婆一下哭一下笑地跟樹聊起天，我們沒有人打擾也沒有人催促，就讓她好好地陪著兒子，直到她要起身，我去扶她。

她帶著我們走向屋子，裡頭早已經殘破不堪，她在角落倒下的老櫃子裡翻著，手還被木屑刺到，但她還是堅持要找到，最後終於讓她翻出一個小盒子，裡頭是一些舊時的玩具，她總算露出笑臉，「有玩具可以陪兒子了。」

我們陪著桃花婆婆把玩具埋到樹下後，再次上了車，沒有人說話，車子裡就只有電台的聲音，可是我從後視鏡看著桃花婆婆的眼睛，發現她眼神清澈，不知是被淚水洗滌，還是終於踏出這一步而海闊天空了。

Avery也盯著桃花婆婆看，語氣欣慰地說：「等一下能好好吃頓飯了吧？」

桃花婆婆笑著回答：「我好餓。」

我們又開始聊著天，順利抵達餐廳時，已經是一個半小時後了，我正擔心用餐時間，藍一銘幫忙讓Avery坐上輪椅時，順便低聲告訴我，「經理說我們用餐時間不受影響，再晚都能配合。」

我感動地看向他，他微笑回應我，「不用謝。」

桃花婆婆看著眼前貴氣的餐廳，整個人瞪大了眼睛，接著紅地毯鋪展到她眼前，她頓時傻住看向我們，Avery笑著說：「替妳準備的，人生總要有閃閃發光的一刻吧？」Avery從包包裡拿出一條寶石項鍊，要我替桃花婆婆戴上。

但其實桃花婆婆早就在我眼裡發光了。

我們幫桃花婆婆好好地整理了衣服後，讓她踏上紅毯的第一步，在藍一銘的攙扶下，亮麗地走到座位。Avery很自信地搖控自己的輪椅上紅毯，我跟凌菲走在她後頭。

凌菲突然低聲跟我說：「我現在要多做讓自己快樂的事，就算只是很小的一件事，我都要讓我自己快樂。」

「好。」我回答她的同時，也在鼓勵自己。

我們五人入座後，我突然想起，「品潔呢？」我問著藍一銘的同時，發現凌菲愣了一下，我突然想起自己忘了跟凌菲說這件事，才想好好跟她解釋的時候，突然聽到別桌客人的驚呼聲，我們所有人往大家的視線方向看去。

品潔金光閃閃地出現在紅毯上，自信滿滿、妝容豔麗、造型浮誇，不說的話，真的會以為她是什麼明星名模，這些誇張的東西出現在她身上，好自然好適合。服務生領著她入座。

藍一銘對著桃花婆婆跟Avery介紹，「我妹妹，藍品潔，自己開了間電商公司，跟屁蟲，有時候講話沒禮貌，還請兩位奶奶見諒。」

桃花婆婆笑了，「美女怎樣都可以被原諒的。」

藍品潔一臉「你看吧」的得意表情回應藍一銘，接著看到凌菲，拿起水杯碰了下凌菲的水杯，「以水代酒，過去就過去了，誰都不要再提。」凌菲愣愣地看著品潔，我很擔心她情緒會受影響，但沒想到凌菲只是舉起水杯，對品潔點點頭後，把水整杯喝完。

品潔傻眼，「妳有這麼渴？」兩人相視一笑。

氣氛瞬間輕鬆了起來，今天應該是個好日子吧？是吧……

看著大家開心吃著晚餐，隨意地聊著天，臉上掛著笑容，我莫名感到滿足，尤其是桃花婆婆跟Avery，桃花婆婆看著每道上桌的精緻菜餚驚呼，Avery則是細心地教她怎麼吃。

一直到最後，服務生上了蛋糕，桃花婆婆錯愕，Avery愉悅地對她說：「人生總是要過一次生日的吧？」桃花婆婆紅了眼眶，我們大聲地替她唱生日快樂，她又害羞又開心，沒有許任何願望就吹了蠟燭，品潔急切地說：「桃花奶奶，妳沒有許願呢，怎麼行？」

桃花婆婆卻是一臉滿足，「我的人生沒有遺憾了，夠了。」

此時我放在桌上的手機開始震動，螢幕顯示媽媽，我直接按掉，但我媽還是一直打來，所有人都看向我，Avery對我說，「打這麼多通，一定很急，不接嗎？」

不接也不想接，但氣氛因為我而僵住，這是我所不能忍受的，於是我勉強接起，我媽的哭喊聲就傳了出來，「妳為什麼不接電話？妳是不是想看我去死？你們為什麼都要這樣對我？」

我媽的哭聲大到讓整桌子的人都能聽到，氣氛更是尷尬，我只好起身到外頭去聽她繼續哭鬧，「家裡都被砸了，高利貸一直來要錢真的好可怕，我快嚇死了，妳就這麼恨我？真的打算看我去死才甘願？」

我真的不知道要怎麼回答她，「所以妳打給我，問題就解決了嗎？妳兒子就不會去賭不會再去借高利貸了嗎？妳為什麼遷怒到我身上？是我欠的錢嗎？是我讓人去砸的嗎？我應該負責安慰妳嗎？是我要問妳，妳真的要看我去死嗎？被妳逼死！」

藍一銘不知道從什麼時候就站在我身後，拍拍我，我轉頭看去，他眼神示意我冷靜，繼續聽著我媽大哭特哭，我降低音量問她，「所以妳到底想怎樣？」

「我不知道我能怎麼辦才打給妳的啊……現在家裡被整個砸爛了，妳弟又關在房間裡不出來，我好怕他會出事……」

我深吸口氣，「我現在過去。」然後直接掛掉電話，藍一銘馬上對我說：「我和品潔會送奶奶們回去，妳讓凌菲陪妳過去吧。」

也只能這樣。

我故作若無其事地回到位子上，和凌菲交換了眼神，她馬上就會意地也拿起包包，接著我跟桃花婆婆和Avery說：「我有點事要先走了，小金老師會送妳們回去。」

桃花婆婆笑著安慰我，「沒事，妳去忙妳的。」

我要離開時，Avery突然拉住我的手，「有事隨時要說，知道嗎？」

我看著她真誠為我擔心的眼神，覺得自己好像要哭了。難怪有人說，安慰女生的時候，盡量不要碰她，當你只要一碰或一個擁抱，對方就一定會哭出來。

我現在大概就是那樣的狀況，為了不讓眼淚落下，我拍拍Avery後，轉身離開。凌菲拿過我的車鑰匙，「妳現在不適合開車。」我也沒有逞強，路程三十分鐘，我卻覺得只有三分鐘，我都還沒有做好心理準備，就到我媽家了。

凌菲去停車，我看著被破壞到關不上的門，無語，直接推門進去，整間屋子被砸得面目全非。這點我媽至少很誠實。我媽絕望地坐在地上，看到我回來，眼淚又不停掉下來，凌菲停好車進來，看到這樣的畫面也倒抽口涼氣。

我無視我媽的眼淚，站到她面前就問：「到底欠多少？」

我媽就只有哭，只有搖頭，我再問，「妳兒子房間在哪裡？」我媽一愣，怯怯地看向樓上，我直接轉身上樓，我媽這才停止哭泣，衝了過來，拉著我問：「妳要幹嘛？妳不要再刺激他了……他剛剛還被高利貸的人打……」

我沒有理她，打開一道門，是女生的東西，應該是她女兒的。接著想再打開另外一道門，卻是鎖住的。我知道她兒子就在這裡，我又下樓，看到凌菲在幫忙整理客廳的垃圾，便對她說：「妳不要動，留給他們自己整理。」

我四處尋找可以開門的工具，我媽急切地在我身邊繞，不停追問，「妳到底要幹嘛？」我別無選擇，只能從廚房拿了大菜刀，往我媽兒子房間去，我媽跟凌菲都要嚇死了。

我用菜刀砍著門鎖，我媽嚇得大哭，凌菲只是在旁邊叮嚀我，「不要受傷，小心點。」門鎖被我砍壞了，掉了下來，我推門進去，看到我媽口中那位會想不開的兒子正戴著耳機在打電動。到底耳機要調到多大聲，才會完全沒感受到我在破壞他的門。

我把菜刀往地上一扔，我真的怕我拿著刀，會失手砍死他。

我過去扯下他的耳機，他嚇到，整個人跳起來，轉頭就想發脾氣，但他發現我不是他媽，氣勢馬上弱了下來，驚愕地問，「妳怎麼會在這裡？」

「因為你。」我冷冷地說。

他瞪向媽媽一眼，知道是她多嘴，我咬牙問他，「你到底在外面欠了多少錢？」

他看著我，一副毫不在意的模樣，「跟妳又沒關係。」

我轉頭看向我媽，「妳有聽到他說的嗎？跟我沒關係，所以妳以後不要再打來給我了。」

我媽急了，拉著她兒子就勸，「弟弟，你快點說到底欠多少，不然那些人一直來，是要怎麼過日子？」

她兒子甩開她的手，「是能欠多少啦！」

凌菲看不下去，「沒欠多少？那家裡怎麼會被砸成這樣？」

她兒子無法反駁，我媽求著他，「你趕快跟媽媽說，到底欠多少，不然媽媽要怎麼幫你還？」她兒子一聽到要幫忙還，就馬上開口了，「兩百多萬而已。」

我媽崩潰，恨鐵不成鋼地打著他，「什麼而已？家裡沒錢了！我要去哪裡生出來兩百萬？你到底都在賭什麼？為什麼講不聽？我還不夠疼你嗎？你怎麼捨得讓媽媽傷心？」

聽著我媽說的話，我都要笑了。我拉開我媽，對著他說：「把借你錢的人電話給我。」他遲疑了一下，才把電話抄給我。我不想再看到他，以前覺得罵人廢物很殘忍，但現在看著他，我心裡就是滿滿的那兩個字，廢、物！

我直接轉身下樓，我媽哭到完全走不了，還是靠凌菲扶她下樓，我不想再忍受她的眼淚，冷冷地對她說：「妳的存摺拿出來給我看。」

我媽驚慌，「要幹嘛？」

「妳不讓我看的話，那電話給妳，妳自己去解決。」我把她兒子抄來的電話號碼遞到她眼前。她猶豫了很久，才去把她所有存摺拿出來，幾乎全部歸零，幾十萬、幾十萬地領，怎麼可能會沒有領完的一天？

我再問她保險，她甚至說保單都借款了，現在有的只有這間房子。

「妳把房子賣了，把那兩百多萬還了，剩下的錢，當妳的養老金，妳自己去租房子住，房租跟生活費我來給，但妳不要再管妳兒子，妳做得到嗎？」

我一說完，她激動搖頭，「我怎麼能賣這間房子？以後他娶老婆還是要房子的啊！而且哪有媽媽不管自己小孩的？」

「妳不就沒在管我？」我直接回嘴。

我媽一頓，結結巴巴地說：「那是因為妳有奶奶、大伯……但少文沒有啊，少琦也找不到人，他自己一個人怎麼過生活？」

「他兩歲嗎？他已經二十好幾了，還不知道怎麼過日子嗎？要不要妳把食物嚼碎了再餵他？」我真的氣到吼出來，我媽嚇到一直哭。凌菲拍拍我，我深吸口氣繼續問我媽，「不然那兩百萬，妳要怎麼還？」

我媽眼神偷偷地望向我，我頓時心寒，她怎麼有臉希望我來還這兩百多萬？她怎麼能這樣對我？

從今以後，我不會再說她是我媽，我沒有媽媽。

我和林淑芬沒有其他話好說了，我轉身走出這棟房子，就看到藍一銘站在門口，我不知道他來多久了，也不知道他聽了多少，但無所謂了。

凌菲解釋，「我請一銘過來的，我怕出事。」

我點點頭，「沒事，我真的沒事……」我向凌菲拿了我的車鑰匙，我需要自己一個人靜一靜。凌菲本來還想阻止，藍一銘卻對她說：「給她吧。」於是我開了車離開，想著自己要怎麼脫離這個深淵。

我的前半輩子已經被這些人拖到不成人形，我不想連下輩子都要過得這麼忍耐辛苦，我回到了宿舍，連房間燈也不想開，也流不出眼淚，就這樣躺在床上。

接著，我收到訊息，是Avery傳的，「我在交誼廳，妳方便來一下嗎？」

我深吸口氣，今天大家因為我而有些遺憾地結束飯局，我的確要去賠個不是。沒想到我到交誼廳的時候，看到的是一碗熱湯和微笑的Avery。

「很累吧？喝雞湯，我拜託廚房煮的。」

我勉強地喝著湯，她對我說：「有從小金老師那邊聽說了一些狀況，還好嗎？」我點點頭，Avery感動地說道：「今天真的很謝謝妳，桃花很開心。」想到桃花婆婆，我才有了笑容，「她開心我也開心。」

Avery也笑了，「還想不想吃點什麼？」

我搖頭，「謝謝妳關心我。」

她突然對我展開雙臂，我知道她要安慰我，可是我說了，這樣抱下去，一定會馬上哭，可是我看著Avery的臉，完全無法拒絕，我還是上前擁抱她，果不其然，真的哭了，愈哭愈凶。

我以為我沒有眼淚，但我錯了，在Avery溫暖的擁抱下，我哭到不能自己，第一次覺得自己也能是個孩子，不用長大的那一種。

Avery輕拍著我的背，一直說著，「會好的，會好的，以後我給妳靠，桃花也可以，我們大家都是妳的靠山，不要害怕，妳若需要幫忙，只要開口，我一定馬上幫妳做到。」

能聽到這樣的話，對我來說，也就夠了。

我在Avery的安慰下哭了好久，但我還記得她不能晚睡，所以我克制情緒，送她回房後，再回到我的房間，一整夜，我都在想該怎麼解決……想到不知道自己是怎麼睡著的。

是凌菲的電話喚醒了我，叫我吃早餐再上班，但我知道她其實只是想問我好不好，我沒有掩飾我低落的情緒，讓她知道我還沒好，但我會努力讓自己好。

我不想影響自己的工作狀況，所以一直強打精神。藍一銘似乎感受到我的緊蹦，特地來我的辦公室，假借要問課程相關問題，但其實也是來問我好不好的。看他在那裡東摸摸西摸摸，我直接戳破。

「有話直說。」他一直在那裡晃來晃去，最好我是能專心工作。

「我有錢可以借妳。」他超直接。

「我也有錢，只是我在想要怎麼花，謝謝。」

他點點頭，「ＯＫ！」

我看他打算什麼時候才甘願出去，他看出我眼裡的意思，乾笑著往外走，關上門前，他很認真地對我說：「有什麼事，隨時可以說，不是每件事都要自己扛下來，就算我只能幫一點小忙，凌菲也只能幫一點，但大家都幫一點，就是很大的力量。」

「謝謝。」我真的知道他要跟我說什麼，我都懂，所以在他要離開前，我喊住他，「我晚上想再去林淑芬家一趟，你要陪我去嗎？」

「好啊。」他回答完後，這才安心關門。

但沒多久，我的門又開了，是桃花婆婆進來謝謝我，順便擁抱我，然後對我說：「看到妳就想到我那個無緣的女兒，人家Avery也多想要一個女兒，就妳媽不懂得珍惜……」

我沒說話，任由桃花婆婆抱著，像自己真的有媽媽一樣。

晚上課程結束後，我和藍一銘又到了林淑芬家，壞掉的門還是沒有修，暫時用東西擋住，但裡頭清理得差不多了。林淑芬看到我來，顯得有點驚訝，我直接在她面前，拿手機撥出她兒子抄給我的高利貸電話。

電話很快就接通了，我按下擴音，直接問：「我想問一下何少文到底欠你們多少錢？」男人的聲音聽起來完全不像放高利貸的人，很斯文有禮地回應我，「稍等，我查一下……目前本金加利息是三百五十萬。」

林淑芬倒抽口涼氣，但我完全不意外，我甚至還覺得她兒子客氣了，我原本以為至少欠五百萬以上，畢竟她兒子講話都要打個對折。我直接掛斷電話，然後再問林淑芬一次，「我昨天說的那個提議，我再問一次，妳要不要考慮？」

林淑芬掙扎，眼淚又掉下來了，過了很久，她才說：「我不可能丟下少文的。」

我直接拉她上樓，推開那道被我弄壞的門，她兒子還是一樣戴著耳機，用電腦在玩線上麻將，我指著他對林淑芬說：「他也不可能改，妳要一直這樣補他的洞補到什麼時候？妳本來還有錢可以過點好日子，但全都被他賭完了，而妳還要繼續這樣寵他？不要怪少琦離家出走，她走是對的，難道跟妳一起被他這種人耗損到死嗎？」

「他是妳弟！」林淑芬再強調。

「所以妳還是決定要保護他？妳想替他還這筆錢，但妳不想賣房子，妳要靠我來還，是這個意思嗎？」我直接問林淑芬，她沉默不語，可表情卻給了答案，我真的苦笑了出來。

我下了決定，直接說出我的打算，「我來還，但妳要放棄我這個女兒，從今以後，不要再跟我聯繫。」她愣住了，藍一銘也是，但我來之前就已經做好準備，我只等著要一個答案。

林淑芬沒有回答，只是不停掉淚，我對她說：「哭沒有用，要我還，妳就要付出代價，不然我就是丟著不管，妳自己去想辦法。」她看著我，心裡掙扎，可我很冷靜，我早清楚我永遠都是被她拋棄的那個。

她最終還是點了頭。

我笑了出來，轉身離開。藍一銘送我回宿舍的路上，什麼也不敢問我，我知道他懲得很辛苦，所以先開口告訴他，「我是想清楚了才這麼做的，所以你不用擔心我。」

他看著我，點了點頭，我下車的時候，他叮嚀著，「好好休息，真的要好好休息。」我給了他一個微笑，目送他離開。

我從大門口慢慢地走進寓所，遇到桃花婆婆跟Avery坐在噴水池旁邊的座位上吃東西聊天，她們熱情地對我揮手，我走向她們，臉上不自覺浮起笑容，她們一人一句問我吃飯了沒，然後不停往我手裡塞食物，我看著她們，忍不住問她們，「妳們真的會想要我這個女兒嗎？」

她們兩個先是錯愕，然後認真點頭，Avery緊握著我的手，「在我心裡，已經把妳當女兒了。」

我看著她們兩個人，表情嚴肅、語氣認真地說：「我是說真正的女兒，法律上會承認的那種，一旦妳們真的成為我的媽媽，那妳們就再也不能住這裡了。」

Avery似乎感覺到事情的嚴重性，緊緊拉著我，「到底發生了什麼事？妳說清楚。」

於是我把從小到大發生在我身上的所有事，全都告訴她們，她們哭得一把眼淚一把鼻涕，但我沒有，我已經很清楚知道自己要幹嘛，「我需要有人願意收養我，只要我的生父生母肯簽同意書，我就不必再跟他們有任何關係。」

我說得很平靜，她們哭著擁抱我、心疼我。

Avery很堅定地對我說：「現在不是可以同婚嗎？我跟桃花講好了要互相扶持，我們可以登記，然後收養妳，這樣也很好啊，只要妳想清楚了，我們都願意。」

「對，我們都願意。」桃花婆婆態度明確地接腔，「為了妳，從現在開始，我會好好吃藥。」

我馬上掉下眼淚。

她們一起擁抱我，這個晚上我們聊了很多，直到快十二點，我才急忙送她們回房間睡覺。回宿舍時，我本來想打個電話給雪曼姊，我必須告訴她這個複雜的狀況，我不確定一下子害她失去兩名住戶會不會有什麼損失……

但要怎麼開口？

沒想到我一進宿舍，她正關掉電視，見我回來，淡淡地對我說了句晚安。

我見她要進房間，立刻鼓起勇氣喊住她，「雪曼姊，我有話要說。」

她看了我一下，坐回客廳的沙發，而我緊張地坐到她對面，把我現在面臨的複雜狀況全告訴她，她就只是靜靜聽著，臉上沒有一絲波動。

我在想，她可能覺得我是來鬧的，才剛上班沒兩個月，就要找裡頭的住戶當媽媽，我心中也做了最壞打算，就是被離職……但雪曼姊只是開口對我說：「需要我介紹妳好一點的律師讓妳諮詢嗎？都要做了，就要確定妳生母不會再來打擾妳，不然就是做白工！」

我傻愣愣地看著她，不敢置信，她一臉莫名地看著我，「怎麼了？」

我直接說：「我以為妳生氣。」

「為什麼要生氣？因為我損失了住戶？」她說完笑了出來，「別傻了，桃花根本就沒付過錢，客戶waiting名單還長得很。她有新的家庭可以去，我反而能賺錢！」

雪曼姊這麼一說，我連忙想起桃花婆婆說，Avery立好遺囑，死後財產都要給美蘭樂活寓所，我趕緊向雪曼姊澄清，「就算Avery真的成了我媽媽，她的財產我也不會要的！」

雪曼姊一臉笑我蠢的表情，「雖然這麼說有些囂張，但我從來沒把誰的遺產放在眼裡，靠自己最牢。」雪曼姊說完拿起手機傳了聯絡資料，下一秒我手機震動了一下，她對我說：「找這位律師，他一定會幫妳處理到好。」

雪曼姊說完轉身回房，關上門前，她又補充，「靠自己最牢這五個字，妳做得很好。」

我還來不及回應，門已經關上了。雪曼姊這句話是在鼓勵我嗎？我不知道，但我希望我還能做到更好。回房間後，我打了電話給凌菲，跟她說了今天發生的事，她激動到不行，「那個雪曼姊是肯定妳沒錯啊！」

「妳會覺得我太無情嗎？」我問。

凌菲聲音十分不屑，「真正無情就是什麼都不要管，但妳就做不到啊，妳就覺得不能對別人不公平，可是海洋，別人都不會自我檢討，而這麼認真的我們，為什麼卻老是在檢討自己？我覺得這是我們兩個很大的問題耶！」

我無法反駁，即便我句句都堅定到不行，但偶爾幾秒，我腦海中會閃過「我是不是做錯了」的想法。

我需要這麼狠心嗎？

可是如果不這麼做，所有的事都在惡性循環，說要讓自己快樂的我，最對不起的人還是我自己。

於是，這一次，我從腦海裡揮去自責的想法，我不要再為難自己。

隔天一早，我就收到林淑芬的訊息，她說，「如果答應了，妳就會馬上還掉那些錢嗎？妳有錢嗎？」我打開手機銀行**APP**截圖我的存款，剛剛好不多不少，出社會十幾年賺的錢，全都在這裡。因為一直跟凌菲合租，再加上我的物欲不高，除了約會，很少出門，我人生也沒什麼目標，錢也就這樣存了下來。

如果過去十幾年的努力能換回我下半輩子的自由，我願意。

我把圖傳給她，然後告訴她，「不用急，因為我會比妳更急。」我在做出決定前就查好相關資料，成年人仍可以被收養，只要父母同意，作成書面契約，並向法院聲請認可就可以。

所以我拜託雪曼姊介紹的律師，為我準備相關文件，我決定今天排休假，去律師事務所一趟，想把事情問得更清楚。律師告訴我，基本上，這需要時間，但他有能力也有辦法讓我的需求更快實現。

「真的嗎？現在桃花婆婆跟Avery都還沒有婚姻關係……」我說到一半，律師就笑笑地對我說：「妳覺得雪曼是怎樣的人？」

我愣了一下，很誠實地回答，「很厲害、很有能力的人。」

他點頭認同，然後雙手一攤，「那妳就該知道，她的朋友也是很有辦法的人。」他指指自己。我不禁笑了出來，他接著說：「不用擔心，雪曼昨天有特別交代我，妳的事是急件，妳只要先幫我拿到出養同意書的簽名，後續部分都由我來處理。」

我看著桌上那張出養同意書，下面的簽名位置上有被收養人生父、被收養人生母……我心情複雜地拿起同意書，收進包包裡，然後向律師說：「謝謝，我會努力，接下來再麻煩你了。」

他一臉「妳的事只是小case」的表情。我真羨慕，多希望人生所有的難題，都只是小case。

我開車來到林淑芬家，直接推開壞掉的大門，走進客廳，聽見她的聲音從樓上傳來，她卑微地懇求她的兒子，「媽媽拜託你好不好？像個人可不可以？我真的沒有錢再幫你還債了！現在你大姊也不要我了，你妹妹又不在，我只有你了，你還不去找工作嗎？」

接著我聽到何少文的怒吼聲，「吵死了，下去啦！」

我就站在客廳聽著他們母子吵鬧。我一點都不同情林淑芬，她有選擇的，但她選了最難過的一個。如果死後我會因為不孝而下地獄，我也甘願，畢竟要是我不做出自己的選擇，那活著直接就是地獄。

不知道吵了多久，林淑芬才紅著眼眶下樓，看到我時還嚇了一跳。我努力保持心情平靜地拿出同意書，「簽吧！簽完我馬上就把錢匯給妳。」

她看著我，又在哭，她除了對我哭以外，到底還能為我做什麼？當我還有一絲小期待，她對我還會有點不捨時，她開口的那句卻是，「妳該不會騙我簽了，結果不給我錢吧？」

我整個人好像被推進萬丈深淵。

同意書上頭連收養人的名字都是空白的，也就是說，她根本不在乎我接下來會被誰收養，她只在意拿不拿得到錢。這就是我的生母。

我冷冷地回應她，「怕騙就不要簽，妳自己處理也可以。」

林淑芬掙扎了一會兒後，還是拿起筆簽了，毫不意外。

我收起同意書，而她拉著我，「那我什麼時候可以拿到錢？」我聽從律師的建議，拿出本票給林淑芬簽，上頭金額是三百五十萬，我對她說，「預防妳之後不配合出養的程序，妳也要簽這本票，如果妳反悔或不承認，我就會強制執行，要妳還回所有的錢。」

林淑芬傻眼，「妳怎麼能防我防成這樣？」

「可能有妳的基因吧，就像妳也不信任我一樣。」

我們對視了好久，她才勉強簽下那張本票，我甚至拿到了她的身分證影本，才到銀行把錢全匯到她的戶口，看到只剩下七萬九千八的餘額，我卻什麼感覺也沒有。

重新開始，會更好的吧？

我沒有回頭路了，我直接打給我爸的老婆，約她在咖啡廳碰面，然後把那份同意書拿出來，我對她說：「妳讓我爸把這個簽了，就不用擔心我繼承財產的問題了。」

我以為她會很開心，但她沒有，她嚇了一跳，不敢置信地看著我，「妳有這麼恨妳爸嗎？恨到要跟他脫離關係？」

「我對他沒有任何感覺。」

「那有必要這樣嗎？而且這是妳媽？她也簽了？」她看到上頭已經簽字的地方，更加錯愕。

「對我來說有必要。妳跟我爸都不需要知道太多，反正，我們條件交換，看妳要不要。」我也想過跟我爸伸手要錢幫林淑芬一次，但憑什麼？他們早就不是夫妻了，我在他心中也沒啥位置，與其期待他的財產，我還是靠自己吧。

她把同意書退還給我，「這件事我沒辦法做，就算我真的不想要妳繼承他的財產，我也沒辦法現在把這個同意書給他簽。」

「沒事，那我自己找他。」

我收起同意書要離開時，她喊住了我，「他生病了，妳這樣他會接受不了……」瞬間，我完全不知道自己聽了什麼，我看著她面有難色的表情，直覺事情有點嚴重，我坐回位置問她，「什麼病？」

她瞬間哽咽，有些說不出話來，此時我的手機震動了，來電的人是大伯母，我深吸口氣接起，大伯母的聲音傳來，「海洋，有件事我不知道該不該跟妳說……」

我看了我爸老婆一眼，直接問大伯母，「他生病了？」

「妳怎麼知道？妳爸有跟妳說？」

「他老婆在我對面。」我說完，我爸老婆馬上抬頭看我，眼神緊張地詢問，「是妳大伯嗎？還是伯母？」電話另一頭的大伯母著急地喊，「她又要叫妳放棄繼承嗎？妳不要理她！」

我沒有回答任何問題，因為我心裡有更大的疑問，「他到底生什麼病？」

我爸老婆想搶走我的手機時，我聽到大伯母緩緩地說：「肝癌啦，好像剩沒多久可以活了，我跟妳大伯也是今天才知道……」

我的手機被搶走了，但一切都來不及了，大伯母說的一字一句，我全都聽見了，我的左耳莫名劇痛起來，整個腦子裡都是嗡嗡嗡的聲音……

我再一次倒下，最後映入眼簾的是我爸老婆朝我跑來，那急切的表情……

生而為人，
我很抱歉，
但生而為人，
我會努力不對任何人感到抱歉。

# 我的歸屬就是我自己。

我做了好長的一個夢。

再次醒來，已經是隔天了，我完全失去了時間的概念，我不知道自己在哪個時空，甚至不知道到底發生什麼事，為何我會躺在醫院裡，我怎麼了？

我無力地坐起身。

明明急診病房裡人那麼多，可是我卻好像身處另一個世界一樣，與所有一切斷開、毫無關聯似地，還是我真的死了？

我才這樣想著，就見藍一銘急急忙忙地過來問我，「妳還好嗎？剛醒嗎？我剛才去幫妳辦手續……」

我只想知道，「我為什麼會在這裡？」

「妳在咖啡廳昏倒了。」

瞬間，我的記憶有如倒帶般回復，我想到大伯母對我說的，我爸肝癌，活不久了，這才知道，為什麼我爸老婆一直急著要我放棄繼承財產，原來是他要死了；這才明白，為什麼我爸會突然來找我，是想要在死前當一個好父親嗎？

「妳耳朵還有不舒服嗎？」藍一銘擔心地問我。

我急忙撫上左耳，想到我在咖啡廳的時候，左耳刺痛又耳鳴到我的頭承受不住，後來才會失去意識。

我從小左耳就有聽覺障礙，我一直不知道，總以為聲音就是這樣，後來國中用耳機聽音樂，還一度以為是我左耳的耳機壞掉，但請堂姊幫我試，她說明明很正常，我才發現，我的左耳其實聽不太到，偶爾壓力過大的時候，會感到刺痛。

我也不敢說，怕大家覺得我麻煩。

反正還有一隻耳朵可以用，只要專心一點，只要環境不要太吵，我幾乎都能聽到，一直到我到廣告公司上班，有多餘的收入，我去做了健康檢查，才知道我左耳重度聽障，醫生說我這不是天生的，是有受損，還問我之前是不是出過什麼意外？

但我真的沒有印象，完完全全。

爸媽感情不好，我們也沒留下什麼照片，我小時候的印象，幾乎是從到了大伯家以後才開始有，出生到小六的這段時間，幾乎沒有什麼記憶，偶爾會閃過爸媽吵架、我媽關在房裡哭的畫面。

「醫生有說什麼嗎？」我問。

他搖頭，「醫生只是說妳疲勞過度……但我覺得可能是妳耳朵不舒服再加上壓力造成的暈眩，才會昏過去。」我聽著他的猜測，暗暗一驚，意外地看向藍一銘，他勉強一笑，說：「我沒有要探妳隱私，但我有發現妳左耳好像聽不太到。」

聽完我更是意外，我一直以為我隱藏得很好，努力不讓自己看起來像個有殘缺的人。我想著和藍一銘的互動，難怪他總是喜歡站在我的右邊，想起幾次他提醒我，有人在叫我……原來他早就發現了！

「我知道這件事，會讓妳覺得很不自在嗎？」他小心地看著我。

我搖頭，「我再丟臉的事，你都知道，還有什麼好不自在的？」

他突然移動了椅子，更靠近我的床邊，然後伸手握住我的手，一下緊握一下放鬆，一下揉著，好像想透過他的手傳達心裡的情緒、和我對話一樣，我忍不住問他，「你怎麼了？」

他搖頭，但還是繼續緊握著我的手。

我覺得他好奇怪，「想吃我豆腐？」

「隨便妳怎麼想，我現在只是很想緊緊握住妳的手。」

我看著他認真的表情，頓時心跳加速了兩秒，我該抽回手的，但我沒有，我也希望他就這麼握著，讓我心裡的溫度緩緩上升，好像沒有什麼可以害怕一樣。

凌菲衝了進來，無視藍一銘緊握著我的手，一把將我的手抓了過去，著急地問我，「到底怎麼回事？怎麼突然就昏倒了？要不是藍一銘剛好打給妳，我們是不是又會不知道這件事了？」

「我真的不知道我怎麼會突然昏過去的，但不重要，反正我沒事了，應該可以走了吧？」我看向藍一銘，他點點頭，「我去請醫生再來看一下，他說ＯＫ我們就走。」藍一銘說完就去找醫生。

所以，十分鐘後，我們已經走出醫院的急診室，正討論著要由誰送我去咖啡廳停車場開車時，我看到林淑芬來了，我錯愕，但更嚇人的是，下一秒，我看到我爸跟他老婆也來了。

他們一起走向我。

我心情複雜，如果這是大家心中所嚮往的團圓，那我只能說，這是我意想不到的碰面，我做夢都沒有想到，我會有和他們兩人在同一時間、同一個時空，三人相聚的一天。

我狂眨著眼睛，害怕是我自己看錯了。

但沒有，真的是他們，我心中百感交集，無言以對。

很快地，我們三人坐在醫院附近的餐廳包廂裡，不是我們肚子餓，而是我們有最後的話要講，我們需要一個安靜的空間，團圓飯不是跟他們吃的。

看得出來我爸的臉色變得更差了，人也又瘦了一圈。

我很想問他，你好嗎？但這三個字就像魚刺一樣梗在我的喉嚨，又卡又痛的，讓我什麼也說不出來。

我爸從口袋裡拿出那張出養同意書，一臉不敢相信我竟會有這種想法地開口質問我，「這到底是怎麼回事？」然後他看向林淑芬，忍不住大吼，「妳居然簽名了？自己的女兒不要嗎？」

林淑芬一聽，直接拍桌，「你有把她當成自己女兒嗎？好意思吼我？你真的一點都沒有變，這麼多年了，還是這麼自私！」

我爸冷笑，「我自私？那妳又好到哪裡去？當初我說付贍養費，讓妳帶著海洋生活，我會讓妳們餓著嗎？但妳不肯，妳說妳要去過幸福的日子，妳就是這麼不負責任，妳沒有資格說一句我的不是！」

「憑什麼你外遇，還讓我帶著女兒，好成全你跟那個賤女人？」

「當初我對妳沒感情的時候，我就提離婚了，是妳一直不肯簽字，後來我才認識千珊，要不是妳自己也勾搭上有錢人，妳會願意簽字嗎？」

林淑芬氣得往我爸身上潑了一杯水，很戲劇化地，我的腦海裡閃過幾個陌生的童年畫面，似乎也有這一幕，林淑芬對著我爸大吼，「你現在是要把錯都推到我身上嗎？爛人！」

我爸氣瘋了，邊咳邊罵，「妳就是這種德性，我才會想跟妳離婚！」

林淑芬一聽哪受得了，抓著我爸的衣服開始拉扯，「我會發瘋還不是被你逼出來的，你一天到晚加班不回家，後來還跟朋友去大陸創業，把我跟海洋扔在家裡，你有盡過丈夫和父親的責任嗎？」

我爸瘦了好多好多，哪禁得起林淑芬這樣拉扯，我只能勉強起身，試圖分開兩人，但林淑芬似乎把她兒子給的壓力也一起發洩出來，「如果當初你有好好照顧這個家，我們會走到這個地步嗎？」

我爸被拉扯得很不舒服，想掙開林淑芬，可是林淑芬死命地緊揪著，最後我爸使出最後的力氣，把她推到一旁。林淑芬跌坐在地，我爸抬起手的瞬間，我下意識地衝去擋在林淑芬面前。

頓時，眼前我爸的樣子，變成年輕時的模樣，他往擋在我媽前面，幼小的我，狠狠地打了一巴掌，我好小好小的身體就樣飛了出去。我媽尖叫著衝過去抱住小時候的我，崩潰喊著，「海洋耳朵流血了！」我看向我爸，他一臉懊悔。

三十年後的我爸並沒有動手，他只是整理他的衣服，可是看到我擋在林淑芬面前時，似乎也跟我一樣，想到了那個時候。

我終於想起，我左耳的聽力是怎麼受損的。

我和我爸對看，我們陷入了那時候的情緒，林淑芬站了起來，狼狽地推了我爸一下，「打啊！你再打啊，順便把我的左耳也打壞算了！」

我爸冷靜了下來，拉著椅子入座，不停深呼吸。

林淑芬見我爸氣勢弱了下來，又更大聲地說：「你以為我想簽嗎？是海洋要我簽的！不然我怎麼可能會當那種狠心的媽媽！」

我爸不能接受地看向我，我直接點頭承認，「對，我不想當你們的女兒了，我覺得很累。」說完我看向林淑芬，她尷尬入座，似乎很害怕我把她的事都說出來，會讓她沒面子，見我就此打住，她鬆了口氣。

接著我爸深吸口氣，「我不會簽的，妳是我女兒，這個事實不會改變。」

我看著我爸，「我的生父是你沒有錯，但你有好好養過我嗎？小時候你們就像剛剛那樣大吵，離婚了把我當皮球互踢，最後我被奶奶帶回大伯家，如果說我是被誰養大的，我會說是大伯和大伯母用你的錢把我養大，說起來，你的錢比起你更像我的父親。」

我爸無話可說。

我看著他們兩人，繼續說：「我常在想，為什麼是我？為什麼是我被你們生了下來，可是你們卻沒有人愛我？」林淑芬心虛不說話，我爸則是急欲解釋，但我沒有想讓他開口的意思，我直接搶在他前頭，「你們不像當人家父母的，那我不想當你們女兒，難道不行嗎？」

我爸難過地試圖解釋，「我也想過把妳帶在身邊，可是……」

「可是你老婆不願意不喜歡不開心，你覺得為難覺得麻煩覺得囉嗦，所以乾脆繼續把我丟在大伯家，那想過又怎樣？你並沒有真的為我做了什麼啊！你會打電話回來問我好不好，但為什麼不是直接問我本人，永遠都是大伯、大伯母跟奶奶在回答？我始終都有種寄人籬下的感覺，我甚至覺得自己的出生是種不幸的詛咒，我過得很不快樂，因為你們，我學不會怎麼讓自己幸福！」我失控地吼完所有，看著我的生父生母，他們安安靜靜。

我調整情緒後對我爸說：「甚至，你得肝癌也不告訴我，是因為你有了另外一對兒女可以為你辦後事、站在家屬答禮區，所以我也沒有知道的必要？」林淑芬聽著我的話，也錯愕了一下，對我爸生病的事感到意外。

我爸猛搖頭，紅著眼眶，「不是這樣的，是我知道我沒有盡到做父親的責任，所以我不想讓妳看到我生病的樣子……我對妳一直很歉疚……」他忍著眼淚，深呼吸了好幾口氣後才緩緩說著，「小時候妳幫妳媽擋了一個耳光，左耳聽力受損，後來是她說妳好像不記得被我打過，我怕妳會想起來，所以才想跟妳……」

「保持距離？」我接口。我爸沒有否認，但我只覺得這一切都是藉口，「這只是更合理化你把我丟著的原因而已，因為就在剛剛，我也還是想起來了，我現在終於知道，該來的都會發生，可是我想做出不一樣的選擇。」

林淑芬大言不慚地對我說，「媽媽是真的不想簽的，我心很痛妳知道嗎？手心手背都是肉，我怎麼會放棄？可是我沒辦法啊，妳知道的……」

「嗯，妳寧願幫妳兒子擦屁股，也不願意跟我一起過日子，這是妳的選擇。人生就是這樣，每個人都有選擇，我也只能選擇保護我自己。不要再說妳有多心痛，妳並沒有，承認好嗎？妳兒子永遠是最重要的，妳可以為了兒子去死，可妳不會為了我或少琦去承擔什麼……妳只會怪少琦離家出走，卻不想想她為什麼要離開那個家，答案也是因為妳兒子。我不知道妳以後會怎樣，那也都不關我的事了，三百五十萬就能買斷我們的關係，妳看我有多廉價。」

我一說完，林淑芬就什麼話都不敢再說。我爸看著她，眼神嫌棄不已，她受不了地站起身，「至少妳被送到醫院，我還有來看妳。」

「謝謝，希望我們不用再相見。」我看都沒看她，她開了包廂門出去。

我爸著急地問我，「三百五十萬是怎麼回事？妳把錢都給了妳媽？我聽妳大伯母說，妳媽的兒子很愛賭博？」

「這些都不關你的事，我也不想要你的任何遺產，簽名吧，如果你真的對我感到歉疚的話。」我看著我爸，只想快點解決這件事。

我爸看著我，久久不語，後來直接起身離開。

桌上還留著那張同意書。

如果我爸不簽，那就什麼用都沒有，以為過了一個坎，沒想到眼前這個坎更大。我收拾心情，也收好那張同意書，然後走出包廂。走出餐廳，已經天黑了，藍一銘等著我，我好奇問他，「凌菲回去了嗎？」

「她說還有重要任務，所以先回去了，要妳忙完再打給她。」

我點點頭。他走到我的右邊，「要走走嗎？」

「好。」

一路上，我們也沒說話，就只是走著，然後看見一對情侶在旁邊公園裡吵著要分手，我們兩個同時停下來聽，他笑了出來，「我們是不是太八卦？」

我笑笑，然後聽他們吵著男方不帶女方回家也不見朋友，男方抱怨女方脾氣太大所以不敢帶，再吵著兩人花錢，男生覺得錢夠用就好，女生覺得男方沒企圖心，前天大便沒沖的事也成了吵架的素材。

我好奇問藍一銘，「你覺得他們會分手嗎？」

「今天不會，但可能以後會。」他說。

我沒好氣地瞪他一眼，「這不是廢話嗎？」

「但也有可能不會啊！未來的事很難說。」

我同意，所以我們沒有繼續聽下去，畢竟是別人的事。我看著一顆星星也沒有的夜空，忍不住說：「我好像知道我為什麼會被分手了？」

他愣了一下，「話題來得這麼突然？」

我笑了出來，「就是這麼突然，我沒有被愛過，自然也不知道怎麼去愛人，我扭曲了愛的定義，我以為是自己被分手，但其實我從來沒有交出過真心，我都怪別人不愛我，覺得自己不值得被愛……但誰會去愛不把心交出來的人？」

「妳的確讓人很有距離感。」他點點頭認同，「但有時候有點距離也沒有什麼不好，畢竟外面壞人很多，妳要想喔，說不定因為妳的距離感，讓妳少碰到很多壞事。」

「最好是！」

「每件事都沒有絕對，妳怎麼想，這世界就會變成妳想的樣子。」

我看向他，「你怎麼能看得這麼開？」

「我也是在黑洞裡打滾過，妳可能覺得我很正能量，但其實我這叫消極的樂觀，我有時候也很討厭這個世界，我也想過為什麼我不能跟別人一樣，擁有正常的家庭，這輩子連自己父親是誰都不知道，有時候覺得自己是個沒有根的人……我甚至羨慕過妳。」他看著我笑，但我看得出他笑容裡的感傷和心酸。

我主動握住他的手，想安慰他，結果他說：「但後來看到妳媽的樣子，我就沒有羨慕了。」我沒好氣地甩開他的手，他笑了出來，「我佩服妳，真的，鄭海洋，妳比妳自己想像的還要強大，還要有勇氣。」

我感動地看著他，然後他的肚子叫了，感動果然是一種不能長久的東西，我們同時笑了出來，接著，我們隨便找了間小餐館吃了晚餐，我們聊了好多，好像要把過去三十幾年沒講完的話，一次講完一樣。

藍一銘送我回去開車的時候，我忍不住說：「我跟你怎麼會有這麼多話可以講？」

他笑笑看我，提高了音量，「因為現在我們沒有距離。」

我會心一笑，今天堪比八點檔起伏的心情，在藍一銘的陪伴下，已經平靜了下來，我下車前他提醒我，「別急，慢慢來就好，雖然很多人說，時間會給予答案，但我要說，宇宙也可以，妳就是妳自己的宇宙。」

我紅了眼眶，笑著回答，「好。」

回到宿舍的時候，我整個人傻住，我看到桃花婆婆跟Avery坐在客廳看電視，「妳們怎麼會在這裡？很晚了耶，居然還沒有睡覺？不對！妳們是怎麼進來的？」

接著，我就看到雪曼姊從樓上下來，我更是驚訝，這是宿舍，一般來說，只有員工才有鑰匙，桃花婆婆跟Avery在這裡已經快讓我嚇死了，結果還看到雪曼姊一臉若無其事地下樓，她怎麼能允許她們在這裡？

我吞吞口水，不知道該從何說起的時候，雪曼姊直接對我說：「我原本的房間就給桃花和Avery住，這樣Avery比較好行動，我改住二樓。」

她們兩個對我露出勝利的笑容，我還是搞不懂到底怎麼回事，「但她們怎麼能住這裡？」

「員工眷屬不是嗎？」雪曼姊這樣對我說，我更加疑惑。桃花婆婆直接起身拿了身分證給我看，她的伴侶欄位上頭寫了薛艾兩個字，Avery笑著對我說：「我就是薛艾。」

「妳們完成結婚登記了？」我真的驚呼出聲，這速度會不會太驚人？

「見證人是我。」雪曼姊補充。

桃花婆婆拉著我的手，「我們準備好了，就差妳這個女兒了。」

我眼淚瞬間落下，Avery安慰著，「妳慢慢來，反正在我們心中，妳已經是女兒了，別著急，別感到有壓力。」

雪曼姊抽了衛生紙給我，「眷屬住宿的話，一樣享有住戶的權利，但我會酌收費用，先跟妳說一下。」

我哽咽著猛點頭，「沒關係，多少都讓妳收，謝謝雪曼姊。」

她給了我一個微笑，「我只是照顧員工而已，恭喜妳，上個月的評鑑分數是四・九分，有史以來最高的，繼續加油，連續三個月都能達到四・八分以上，會有額外獎金。」

我已經哭到再也無法說出任何一句話，雪曼姊拍拍我，「我不會對妳說加油，因為加油沒有用，但我會希望妳堅持，這世界上所有幸福都是堅持下來的。」

我就這樣目送雪曼姊離開，桃花婆婆拉著我坐到沙發上，心疼地看著我，「辛苦妳了，孩子，真的辛苦妳了。」

「很辛苦沒錯，但我現在很幸福，我真的沒想到妳們動作這麼快……」

Avery拿起她手上的馬卡龍，「沒辦法，一盒馬卡龍我就被桃花給拐去登記了。」我意外地看著馬卡龍的禮盒，「該不會是凌菲送來的？」

桃花婆婆說：「是啊，就是那天妳請人幫忙做的，低糖又少澱粉，喔，對了，她也是見證人之一，我要她先別跟妳說。」

我全身起了雞皮疙瘩，原來被疼愛是這種站在雲上面的感覺。

我看到客廳裡的擺設改變，原本的門檻也加了小斜坡。我忍不住去看桃花婆婆她們的房間，也已經都弄好了，單人加大的床，裡頭的廁所也加了斜坡方便Avery進出。雪曼姊今天到底幫我做了多少事？

桃花婆婆跟在我身後，「我們東西還沒有全部搬來啦，雪曼有找人明天幫我們處理了。」

「還有什麼我能做的嗎？」我就這樣佔盡便宜對嗎？

Avery大聲地說：「有喔，看到我們都會快樂一點就好。」

我看向她，再看著桃花婆婆，點頭答應。

每看到妳們一次，我都會更快樂的。

我們就這樣聊天，聊到半夜，我趕她們去睡，她們才甘願回房間。當我準備關一樓燈的時候，我聽到房間裡傳來對話聲，桃花婆婆感慨地說，「沒想到我都這把年紀了，還能有個家。」

Avery的聲音裡都是笑意，「我才沒想到我這輩子能有個女兒。對了，妳覺得她跟小金老師有沒有可能？」

「我覺得有譜！他們看起來很親密說。如果是小金老師的話，我可以讓給自己女兒。」

桃花婆婆這樣說完，馬上被Avery罵，「老不修哪妳，而且妳現在的伴侶是我，注意一下好嗎？」

桃花婆婆大笑，然後又問：「我們是不是應該給他們製造一些機會？」

我清清喉嚨，在門外大聲交代，「不要再聊天囉！」

Avery馬上回應，「我們睡著囉……」

我笑了出來。回到自己房間後，腦海裡出現的都是我爸最後離開包廂的背影，這是我第一次感覺到他對我的不捨，即便我指責了他、我不承認他，可是我還是感受到他有把我當女兒。

比起林淑芬，他更像爸爸一點。

我好像還沒那麼慘……

睡了一覺起床，我下樓，已經有熱騰騰的早餐，我趕緊過去幫忙，對著桃花婆婆說：「餐廳會有早餐啊，到餐廳吃就好。」

Avery擺著碗筷，「外面做的哪有家裡的好吃？」

我這才反應過來，沒錯，這是一個家，一個屬於我的家。

我們開始吃著早餐，桃花婆婆跟Avery聊著她們今天的行程，雪曼姊規定她們每天都要到醫務室做例行檢查，量血壓或血糖之類的，我聽完對雪曼姊又更感到佩服和虧欠。

我能報答她的，就是好好工作。

但就在我準備去上班的時候，我接到了大伯母的電話，「妳爸住院了！」我錯愕不已，「很嚴重嗎？」

「千珊是說早上突然叫不醒，就趕緊叫救護車了，現在命是撿回來了，但在加護病房，妳要不要去看看他？聽說你們還有妳媽昨天有碰面啊？還好嗎？」感覺大伯母真的很擔心我們。

「沒事，我再看狀況。」我說完掛電話。

可在辦公室裡，我什麼事都做不了，我上網看了醫院加護病房的探視時間後，就一直坐立難安，我害怕他會病重是因為我的不孝。

最後，我還是等不住了，跟行政那邊交代一下後，我便趕到了醫院，坐在加護病房外面等著，突然有人在我旁邊坐了下來，我轉頭看去，是我爸的老婆，她對我說：「不用自責，他最近常這樣，跟妳沒有關係。」

我沒說話。

「是我阻止妳爸接妳來住的沒錯，因為我知道我沒辦法當一個好的後母，我很自私，我只在乎自己的兒女，這些我都承認，妳爸不知道什麼時候會走，我的兒子跟女兒都還在國外念書，所以我要錢，昨天妳大伯和大伯母一直罵我沒良心，這些我也不在乎，我只想確保我的小孩未來沒有問題……」

「妳一直想要我簽的那個給我，我現在簽。」我說。

她詫異地看向我，「妳真的願意？」

「我從來就沒有想要我爸的財產，我要錢可以自己賺。」

她苦笑一聲，「我現在也無法叫妳簽了。」我轉頭看她，她深深一嘆，「因為我害妳沒爸爸，妳的媽媽又那樣，我怎麼能夠再這麼狠心？」

怎麼大家都突然有良心了起來？到底了發生什麼事？

「不用可憐我。」我說。

「但妳就是這麼可憐。」她直接回答我。

我們相視對看，我在她眼睛裡看到她對我好像也有了感情，同情也是一種情，就會產生情緒的連結，這對我們的未來不知道是不是好事。

此時，加護病房的門打開，護理師走出來對大家說：「開放探視囉。」

我和我爸老婆起身進去，她走前面，帶著我去看我爸，我爸看起來比昨天又再蒼老了一點，醫生過來告訴我們，「狀況還可以，觀察個兩天，沒事就能轉普通病房了，但他其實狀況真的很差，妳們隨時要有心理準備，如果之後確定不插管，可以選擇安寧病房。」

我爸的老婆瞬間落淚，如果我爸死了，她在臺灣也是自己一個人了。

她在我爸耳邊小聲說：「老公，海洋來了耶，你要不要醒來看看她？」

原以為我爸沉睡根本不會聽到，沒想到他居然緩緩睜開眼睛，然後看向我，把手朝我伸過來。我實在很討厭這種劇情，我們之間哪有什麼父女情，還要兩手交握，也太矯情。

可後來我還是握上了他的手，他眼角有淚水滑落，我心裡莫名難過。

我沒有說任何一句話，我不知道要說什麼。正常的女兒會說，「爸，你要好起來，你要加油！你要健康！」其實我也想對他說這些話，但我沒有說過，這對我來說太陌生，最後在這半小時裡，我還是什麼都沒說，可我們的手卻握了半小時。

我要離開的時候，他對我說：「妳還會來嗎？」

我搖頭，「我們不要在醫院見面了。」意思是下次見面最好是在別的地方，希望他聽得懂，他點點頭，虛弱地說「好」。

我頭也不回地離開醫院。

我也不再問我爸簽名的事，我就是好好地過著每一天，努力工作，也努力地接送藍一銘，我對我的毅力感到驚人，這兩個月，我光來回臺北和花蓮的時數不知道累積了多少。

我的兩位媽媽一直叨唸藍一銘，是男人就該自己開車。

可藍一銘哪是那種你激得起來的人，他對我的兩位媽媽說：「我是男孩。」

「你真的很不要臉。」我轉頭對他翻了個白眼，「這是最後一趟接你回臺北了，我終於要解脫了。」

他不以為然地笑了笑，「沒有喔，妳不會解脫的，我會纏妳一輩子。」

頓時，車內氣氛安靜了下來。

我深吸口氣看向他，「我想清楚我要的是什麼了。」

他一頭霧水，「什麼意思？」

「我沒有想交男朋友。」我說。

他突然呆住了，過了半晌後說：「我剛才是被拒絕了嗎？」

「還沒。」我說。他不解地看著我，「那不然？」

「我想要一個伴侶，能像你一樣，無條件承受我的任何情緒，隨時都知道什麼時候接住我、什麼時候該讓我獨自安靜，什麼話都可以說，不怕你生氣也不用擔心你會不會喜歡。」

「妳這是在向我告白？」

「我是在應徵，你的條件有符合，就看你要不要……」我愈說愈小聲。

他笑了出來，「那怎樣算面試成功？」

換我不知道怎麼反應。他拉過我的右手，十指交握，「這樣算嗎？」

「可以。」我們兩人對看相視一笑，我打預防針地說：「我很無聊喔！我很難聊喔！你要確定喔！」

他沒好氣地看我一眼，「閉嘴。」

「而且我很煩，我家裡很複雜……」

「妳是不是希望我用嘴來堵妳的嘴？」

我馬上安靜，藍一銘卻一臉洩氣，「這麼不想我吻妳？」

我沒理他，但在送他到家的時候，我拉住他，給了他深深一吻，他感到十分滿意，「這難道是交往十七任男友，接吻技能點到最高？」他被我狠狠打了一下，我被他緊緊擁在懷裡，我們就這樣十八相送了兩個小時，最後我才開車回宿舍。

隔天，我去巡視課堂的時候，我的兩位媽媽正在上藍一銘的課，好幾次故意刁難藍一銘都被他順利解決，藍一銘給了我一個「看吧！什麼都難不了我」的表情，我失笑。

同時，手機震動起來，我看著來電，心裡一沉，是我爸老婆。

我出去接起，她說我爸想約我晚上吃飯，我答應了。

接著回到辦公室，我吁了好長的一口氣，自從我離開醫院後，就一直沒有接到我爸老婆或是大伯他們的電話，我始終認為，沒消息就是好消息，可我心底一直害怕，不知道什麼時候會接到我爸過世的電話，剛看到來電名稱的時候，我其實全身都在發抖。

就在我安心一些的時候，藍一銘來找我，他直接問我，「還好嗎？」

我露出滿臉問號的表情，他關心地問：「剛才是誰打來的？我看妳臉色不太好。」

「你是不是都沒有專心在上課？」

「是啊！妳來，我怎麼會專心？」他誠實地說。

我笑了出來，然後告訴他，「我爸約我晚上吃飯。」他的表情由驚轉喜，他也清楚我心底的憂慮，現在確認我爸沒事，那就好了，「妳要去嗎？」

「嗯，你要陪我去嗎？」

換他緊張了起來，「見家長嗎？我穿這樣好看嗎？需要再去買一套嗎？」

「你好瘋喔，出去啦！」我沒好氣地瞪他。

他笑著揉揉我的頭，「晚上我開車。」接著轉身出去忙。原本跟我爸見面的緊張心情，因為藍一銘也會去的關係，我舒緩不少。

時間在我認真工作的時候迅速流逝。

我和藍一銘來到和我爸約好的餐廳，他老婆也來了，我爸點菜，一直問我什麼吃什麼不吃，藍一銘都替我回答了。我見他氣色還行，安心不少。我爸老婆關心地問起我和藍一銘的關係。

這次我回答：「我的伴侶。」

我爸打量著藍一銘，他微笑以對。我爸似乎挺滿意他的，夾了塊肉到他碗裡，然後從口袋裡拿出一張紙遞給我，我打開一看，居然是他簽好的出養同意書，甚至連林淑芬那一欄都簽好了。

我意外到不行，「你去找她？」

我爸點頭，然後心情複雜地看著我，似乎知道我媽是怎麼對待我的。我看他強忍著難過對我說：「妳不應該把錢給她的，妳又不要我的錢，以後妳怎麼過？」

「錢再賺就有了。」

我爸沒再多說，只是對著我說：「吃飯吧！」

我收起那張同意書，我知道這是我爸認為他最後能為我做的一件事，我對他說了一句「謝謝」。

接著，我看到我爸的眼淚滴進飯碗裡。

我夾了一塊魚到他碗裡，「爸，吃魚。」

我爸驚訝到不行，他抬起頭看我，滿臉是淚，把那塊我夾的魚吃進口中。我也幾乎快哭了，但在我的眼淚掉下來之前，藍一銘握住我放在桌上的手，我看向他，他溫柔地問我，「吃完飯後要不要去喝東西？」

我點點頭，止住了眼淚，然後問我爸老婆，「我爸現在可以喝什麼？」

我爸老婆笑著說：「喝什麼都行，他開心就好。」

於是結束這頓晚餐後，我和藍一銘帶著我爸跟他老婆到了老屋改裝的小酒館，我爸很意外有這種特別的地方，我們又聊到快十二點，藍一銘和我送他們回家，這是我第一次知道我爸住在哪裡。

下車前，我爸問我們，語氣戰戰兢兢的，「下次約你們來家裡吃飯可以嗎？」

「好。」我直接回答。我看到我爸笑了，心滿意足地下車。

藍一銘開著車，牽著我的手說：「我伴侶真棒。」

「你才一百分。」我們就這樣互吹互捧到最後。

我回到家跟兩位媽媽說了這件事，她們替我開心，也替自己開心。我終於明白，把任何關係牽在一起的東西是愛，我還是會繼續叫我爸「爸爸」，然後繼續叫桃花婆婆跟Avery。

不管關係如何變，我知道他們在我心中的位置不會改。

就像藍一銘一樣。

以前我總覺得一天好漫長，現在我只想把握每一天，我學會讓自己幸福，就是去做更多讓自己感到幸福的事，即便幸福的時間很短，但幸福可以累積，就好比每天睡前跟藍一銘講半小時的電話，我就能多那半小時的幸福。

他問我，「妳今天開心嗎？」

「開心，很開心，我發現爸爸也不是那麼難叫出口的。」

「那妳要不要試著喊老公看看？」

我翻了白眼，直接回他，「晚安。」然後把手機放下，帶著笑意睡覺。

幸福就是你知道，無論你選擇了什麼，只要你堅持了、努力了、付出了，宇宙就會想辦法給你。

〔後記〕
# 只要我想要，宇宙都會給我

寫這個故事的時候，我有些小掙扎。

要寫得這麼負能量嗎？要寫得這麼痛苦嗎？我在四十歲時，給自己一個目標：當一個活得漂亮長得漂亮但要很好笑的女人。可怎麼我想寫的故事卻這麼悲傷？

日子可以好笑，有多重要。

活到這個年紀，有些東西並不是絕對必要，只有開心、只有快樂，才是支撐自己努力活著的原因，但快樂有點困難，總是會在好像要快樂的時候，生活便出現一些困難和絕境，就覺得，啊，幸福怎麼那麼難啊？

可後來發現，的確就是這麼難，所以大家才會想要。

日子本來就是不好過，所以大家努力地在過，悲傷也沒有關係，傷心也不要緊，所有任何一種真真切切的情緒，都該好好被正視、被療癒，我也在寫作的過程去治癒自己、去理解自己的苦痛。

然後在一天二十四小時裡面，尋找幾分鐘的快樂，每天多一分鐘、多幾秒的幸福累積起來，就會成為最美好的力量，生活的確不容易，為什麼我們不能承認自己的脆弱？為什麼不能面對自己的懦弱？

我們為什麼一定要很強？為什麼一定要堅強？為什麼一定要努力？為什麼一定要逼自己正能量？為什麼大家都說要愛自己？為什麼好像所有人都活得很好，就只有我在地獄？

現在的你，這樣想也沒有關係，因為我也跟你一樣。

很討厭過日子，但生而為人，也許就這麼一次，所以再怎麼不喜歡，再怎麼厭倦、疲憊這一切，我也想為這唯一的人生留下一些什麼，雖然那個「什麼」我也還在尋找，會找到的吧？

我是願意這樣相信的，只要我想要，全宇宙都會給我。

雪倫

國家圖書館出版品預行編目資料

宇宙都給你 / 雪倫 著. -- 初版. -- 臺北市 : 商周出版，
城邦文化事業股份有限公司出版；英屬蓋曼群島商家庭
傳媒股份有限公司城邦分公司發行；民112.06
面； 公分.--（網路小說；290）
ISBN 978-626-318-717-7（平裝）
863.57　　112007712

# 宇宙都給你

作　　者 / 雪倫
企 畫 選 書 / 楊如玉
責 任 編 輯 / 楊如玉

版　　權 / 吳亭儀
行 銷 業 務 / 周丹蘋、賴正祐
總 編 輯 / 楊如玉
總 經 理 / 彭之琬
事業群總經理 / 黃淑貞
發 行 人 / 何飛鵬
法 律 顧 問 / 元禾法律事務所　王子文律師
出　　版 / 商周出版
城邦文化事業股份有限公司
臺北市中山區民生東路二段141號9樓
電話：(02) 2500-7008 傳真：(02) 2500-7759
E-mail：bwp.service@cite.com.tw
發　　行 / 英屬蓋曼群島商家庭傳媒股份有限公司城邦分公司
臺北市中山區民生東路二段141號11樓
書虫客服服務專線：(02) 2500-7718・(02) 2500-7719
24小時傳真服務：(02) 2500-1990・(02) 2500-1991
服務時間：週一至週五09:30-12:00・13:30-17:00
郵撥帳號：19863813　戶名：書虫股份有限公司
E-mail：service@readingclub.com.tw
歡迎光臨城邦讀書花園 網址：www.cite.com.tw
香港發行所 / 城邦（香港）出版集團有限公司
香港灣仔駱克道193號東超商業中心1樓
電話：(852) 2508-6231　傳真：(852) 2578-9337
E-mail：hkcite@biznetvigator.com
馬新發行所 / 城邦（馬新）出版集團 Cité (M) Sdn. Bhd.
41, Jalan Radin Anum, Bandar Baru Sri Petaling,
57000 Kuala Lumpur, Malaysia
電話：(603) 9057-8822　傳真：(603) 9057-6622
E-mail：cite@cite.com.my

封 面 設 計 / 李東記
版 型 設 計 / 鍾瑩芳
內 文 排 版 / 新鑫電腦排版工作室
印　　刷 / 高典印刷有限公司
經 銷 商 / 聯合發行股份有限公司
電話：(02) 2917-8022　傳真：(02) 2911-0053
地址：新北市231新店區寶橋路235巷6弄6號2樓

■2023年（民112）6月初版
定價 320 元

Printed in Taiwan
城邦讀書花園
www.cite.com.tw


ISBN 978-626-318-717-7